CAT
DADDY

唯有 猫
能治愈我

［美］杰克森·盖勒克西（Jackson Galaxy）—— 著

周珏筱 —— 译

图书在版编目(CIP)数据

唯有猫能治愈我 / (美) 杰克森·盖勒克西著; 周珏筱译. -- 成都: 成都时代出版社, 2019.6
ISBN 978-7-5464-2419-4

Ⅰ. ①唯… Ⅱ. ①杰… ②周… Ⅲ. ①传记文学—美国—现代 Ⅳ. ① I712.55

中国版本图书馆CIP数据核字(2019)第097809号

Cat Daddy: What the World's Most Incorrigible Cat Taught Me About Life, Love, and Coming Clean
Copyright©2012,2013 by Jackson Galaxy
All rights reserved including the right of reproduction in whole or in part in any form.This edition published by arrangement with TarcherPerigee, an imprint of Penguin Publishing Group, a division of Penguin Random House LLC.

四川省版权局 著作权合同登记章 图进字 21-2019-087 号

唯有猫能治愈我
WEIYOU MAO NENG ZHIYUWO
(美) 杰克森·盖勒克西 著 周珏筱 译

出 品 人	李文凯
策划编辑	幸仁荷 朵八谙
责任编辑	张 露
责任校对	江 黎
封面设计	昇 一
责任印制	李茜蕾
出版发行	成都时代出版社
电 话	(028)86619530(编辑部)
	(028)86615250(发行部)
网 址	www.chengdusd.com
印 刷	清淞永业(天津)印刷有限公司
规 格	145mm × 210mm
印 张	8
字 数	126千字
版 次	2019年6月第1版
印 次	2019年6月第1次印刷
书 号	978-7-5464-2419-4
定 价	49.80元

著作权所有·违者必究
本书若出现印装质量问题,请与工厂联系。电话:(010)68604690

本书献给本尼，以及那些和它同病相怜的猫们。它们饱受摧残、被人遗弃、关进笼子、苦苦等待一个家的到来。本书也献给那些为了帮助可怜的动物能少些痛苦而搁置自己梦想的人们，献给收容所工作人员、动物管制官、救助者、野猫保护者、立法者，你们所做的牺牲意义非凡。最后，本书献给那些领养过无助动物的人们，谢谢你们。只有我们共同付出努力，将来才能让所有动物都拥有自己的家，这一天的到来或许会比我们想象的更早。

 赞誉

盖勒克西先生光头,手臂上满是文身,他的形象与他那温柔的声音及对待动物的温柔态度显得不太相称……很多人会被失控的宠物吓到、伤到,这样的宠物往往会被遗弃,而盖勒克西先生则孜孜不倦地帮助着这些动物。他本人在工作中体现了始终如一的态度。比起人来,猫才是他的头号任务。

——《纽约时报》(*The New York Times*)

盖勒克西蓄着山羊胡,身上有文身,他的宠物用具箱是由吉他盒子改的。他看起来不像是个典型的"爱猫人士"。但他可是一个身上文着猫、和猫一样蓄着胡子的纽约人,有谁

比他更适合在猫和人之间斡旋呢?

——《纽约邮报》(New York Post)

盖勒克西是个魔术师,他能让收容所里一屋子凶恶的猫们安静地睡去。

——雅虎(Yahoo)

盖勒克西不是一个典型的动物行为研究者。他与猫对话,猫也倾听他的话语。他常帮助收容所里濒临安乐死的动物克服恐惧、增强自尊、教它们适应潜在的领养者,并以这样的方式帮助这些动物逃过一劫。

——Mousebreath.com

动物爱好者、动物工作者、心灵受伤者及与猫有缘者的必读之作。

——CatChannel.com

我们每个人看待事情都是从自己的视角出发的，盖勒克西却有他独到的智慧。他屡屡成功解决猫的行为难题，这源于他总能把自己带入猫的视角去思考，并以此为基础解决问题。他对人和猫的深刻见解总是那么恰到好处。

——《猫的天性》(*The Natural Cat*) 作者，

安妮特拉·弗雷泽（Anitra Frazier）

阅读本书是愉快的……有时小故事就是最大的故事——一个人、一只猫，还有一份足以拯救这一人一猫的爱。

——《奥德赛》(*The Homer's Odyssey*) 作者，

格温·库珀（Gwen Cooper）

此书不是一本寻常的猫咪备忘录，也不是一本普通的养猫建议，而是一本鼓舞人心的杰作，让人近距离了解盖勒克西作为一个常人与专家的两面。

——《巴克利的故事》(*Buckley's Story*) 作者，

英格里德·金（Ingrid King）

猫咪是独居生活的最佳伴侣。当你抱住ta柔软身体的那一刻，所有的压力、焦虑、难过瞬间被纯粹的幸福感所充满！就像盖勒克西在书中所写到的：这是两个受伤的生命彼此治愈的故事。

——《怪物恋人》《给我来个小和尚》作者，

漫画家　郭斯特

推荐序一

盖勒克西和猫的故事让我重新回忆起我和大咪、小咪的缘分，这要追溯到2009年。

某一天，我和老胡去朋友家玩，见到了大咪。据朋友说，大咪是她花30块钱从天桥一个摊贩手里买下来的。大咪天性对人很戒备，然而，虽说是和我们第一次见面，他却对老胡表现出了极大的兴趣，乖乖地趴在老胡的腿上任他撸毛。朋友见状觉得我们可能更适合养大咪。就这样，我们把大咪带回了家，从此，成为猫奴中的一份子。

跟我们在一起的前两年里，大咪以其独特的活力与魅力给我们的生活带来了很多乐趣，但也许只是我们一厢情愿的揣测，总觉得大咪的活力中带着些许孤独。担心他太孤单，我们决定给他找一个伙伴，就领养了小咪—— 一只话痨小橘猫。小咪非常活泼，和大咪相处得十分愉快，他们像兄妹一样互相关心照顾。大咪有没有更开心我不知道，反正我们更开心了。

小咪很黏我，我走到哪里，她就跟到哪里。只要我在，她就会一刻不停地冲我叫。在养猫之前，我坚信猫和狗截然不同，猫更独立，更需要自己的空间，不像狗那么黏人。但是有了小咪之后，我觉得小咪似乎更像一只狗。

很多人认为，猫是一种无法预测的生物。每当你自认为和猫的关系更进了一步，猫必将回报你冷漠，把你拉回现实。然而小咪却是一个活生生的反例。猫咪这种生物似乎很难搞懂，这让很多想养猫的人望而却步，也让很多正在养猫的人头疼。如果猫咪跟人保持疏远的距离，人会觉得感情上受到了伤害。但是如果猫咪对你表现出热情，你真的能辨认出那是在向你示好吗？比如猫咪用屁股冲着你，那是不想理你，还是在保护你？

我认为猫的行为和动作会传递一些信息，人和猫之间能建立起一种联系，培养出一种默契，让人在一定程度上明白猫的意图。平时，我会拍摄一些大咪小咪互动的视频，以我的解读给他们的"对话"加上字幕。很多网友看到后会觉得字幕内容是猫真实的内心感受，我相信，这就是我和他们之间的默契。

基于这些生活经验，盖勒克西对猫的行为研究对我来说挺有说服力的。在收容所里，猫咪如果长时间没有人来领养，会面临被安乐死的命运。盖勒克西通过一些特定的训练，让这些猫咪展现出自己原本就具有的活力和好奇心，大大降低了被安乐死的概率。这是一件非常有意义的工作，也给了我一些启发：猫是可以接受训练的，训练在一定程度上能促进猫和人的感情。

当然，人和猫是否能够互相理解其实不重要。重要的是，唯有猫能治愈我，我与大小咪共同生活的体验，是任何事都无法替代的。有的时候，你结束了一天的工作，拖着疲惫的身体回到家，进门看到两只猫在等你（我没有自作多情，就算有，也没关系），那种满足感是任何人都给不了的。要记住，猫不是玩具，猫是有生命、有意志的动物，有着自己独特的表达方式。在这本书中，猫帮助盖勒克西走出失意的人生低谷，相当于重建了他的人生，猫咪是他的伙伴，更是他的事业，他成为了一名猫行为学专家，致力于帮助猫更好地生活，帮助人与猫建立健康的关系。就是这些很难搞懂的毛球，参与了他的生活，给他带来了慰藉与希望。

——papi 酱

> papi家的大小咪，是话痨与傲娇的组合，是火爆全网的papi酱的宠猫。更多大咪小咪萌趣日常，请关注微博/B站/抖音：papi家的大小咪。

推荐序二

曾经有人问我们，猫到底能理解人的意思吗？我们需要去理解猫的想法吗？也许世界上大多数人觉得不用。猫不过是较为社会化的动物罢了，何必妄图与它们沟通？

但是作为动物健康与福利工作者，我们和盖勒克西有着同样的信念：当你能试着以猫的视角去看待这个世界，倾听猫的"语言"，观察猫的动作，你会"吸猫上瘾"。

其实给予猫咪们关爱、呵护，不仅仅只是帮助它们，更大的收获是，我们在此过程中获得了治愈，学会了爱与妥协，慢慢成长，甚至变得好像离这个世界都更近了一些。

在"自我治愈"这件事上，盖勒克西也有相当强烈的感受，他外表很"狂拽酷"，但内心却很柔软，在曾经最失意的那段日子，就是猫咪给了他最大的治愈。

在你迷茫、抑郁、浑浑噩噩的日子里，也许铲铲猫屎，换水加粮，或者走出自己的小世界，参加一些流浪动物救助组织，去给那些流离失所，被伤痛所折磨的小可怜们提供一些帮助，就能让你重新找到生活中的小确幸，重拾希望。

这本书中，盖勒克西给我们细细讲述了他从一个对生活失去激情、失去了艺术生涯的音乐人,到在领养机构工作、帮助他人领养动物,最后成为"猫咪心理咨询师""猫行为专家",帮无数家庭探索人猫关系的故事。

因为猫咪,他从生命中最混乱迷茫的一段时期脱离出来,最终找到自己喜爱并视之为理想的事业。从初遇猫,了解猫,到读懂猫,他说"这是两个破碎的生命彼此治愈的故事。"

猫咪真的有如此巨大的力量吗?萌爪医生团队也和很多救助动物的民间组织有密切合作,当我们亲身探访那些流浪动物基地,看到有些破败、脏乱的猫舍,猫咪们或腿瘸或眼盲时,心情十分沉重。为什么这些猫咪活得这么辛苦?它们也同样值得被宠爱啊。于是我们协助救助组织,一起重新改造了基地,并帮助猫咪们进行行为上的引导和训练,让它们变得亲昵、温顺,最终能够被收养,回归家庭,而不是在这死去。看见猫咪们有了属于自己的家时,我们感觉一切都值得。从怕人、攻击性强,眼神里充满害怕和恐惧,到慢慢愿意与人接触,开始喜欢蹭人,求摸求抱露肚皮,猫咪的每一点点改变,我们都看在眼里。

所以你再问我们,猫到底能理解人的意思吗?我们有必要去理解它们的想法吗?我会坚定的回答:是的,我们认为有必要。陪伴我们的喵星人不止是宠物,他们更应该是家人、亲人般的存在。

因此，在平日相处时，不管是日常喂养，还是健康管理，都需要我们积攒科学的知识。遇到猫咪行为问题，不要只是责骂，甚至选择抛弃，其实它们就和小孩子一样，需要我们细心疏导，去努力了解它们异常行为背后的原因。

当你发现通过"调教"猫咪在一点点变化时，心中会充满成就感，"原来，也并没有那么难嘛！"而对于领养机构那些可能因长期被人类虐待而社会化不足、敏感易怒、攻击性强的猫咪，虽然"改造"的过程会艰难些，但它们绝不是无法被家庭接纳的，相反，它们更需要被爱、被理解。

最后你会发现，其实它们都是最可爱、最棒的小猫咪呀。不管你是否养猫，是否爱猫，都应该读读盖勒克西的这本吐露心声的诚意之作，你会切身地感受到，如书名所说般的心情——"唯有猫能治愈我"。

——萌爪医生

> 萌爪医生是由一群热爱动物的海归兽医、编辑、漫画家组成的宠物科普团队，一直致力于为宠物主人提供专业的宠物健康。问题在线咨询。更多萌宠科普，请关注微信公众号：萌爪医生。

推荐序三

我之前做过一期关于动物救助的视频,在查资料的时候注意到,无论是国内还是国外,流浪猫的救助都远比流浪狗的救助更困难,因为大众们总会觉得猫咪独来独往、高冷胆小,即使领养了,也很难走进它们的心。最巧的是我的木木恰好就是这样一只猫,它在还未满月时掉进了停车场的柱子里,被救出来后,我好吃好喝地伺候了几年,好不容易把它养成大胖橘,可它对我却比我见过的90%的猫都高冷,这让作为狗派的我一度觉得养猫确实没意思,毕竟养猫跟养狗比起来实在是得不到什么感情回报。

然而当我陆续救助过几十只流浪猫之后,我这种狭隘的想法慢慢被猫改变了,并且明白了一个浅显却非常重要的道理:每只猫都有自己独特的性格,它们并不是一个笼统的群体,不应该被任何词定义。比如有的猫贪吃、粘人、爱捣蛋,有的猫调皮、好奇、精力旺,有的猫腼腆、胆小、神经质。和人一样,每只猫都有自己独特的性格,特别是流浪猫们。在遇到稳定的领养人之前,它们大多遭受了不为人知的痛楚,以至于它们的性格多变,不会像宠物猫那样稳定可控。所以当我救助流浪猫后，我不再因为它们不是我想象中乖巧黏人的猫咪而对它们失望，也不会因为它们犯了错而大发雷霆，相反我在它们犯任何错误的时候都尽量保持心平气和。久而久之，不论多胆小的猫都会接受我、相信我。在这些爱与被爱的关系中，被需要和被信任的感觉让我得到了很大的满足，与其说是我治愈猫，不如说是我被猫治愈。

这本书的作者盖勒克西深懂猫心，在他手里，再乖张的猫都可以被训练。阅读这本书不仅能感受到作者与猫甜蜜的羁绊，还能让爱猫的人们获得很多与猫相处的经验。希望正在阅读此书的你可以和你的猫互相治愈，用爱为彼此撑起一片温暖的小世界。

——十爷

十爷，和她的傻鹅子们。

前言

"我是猫行为学家。"

每当我如此介绍自己,十有八九他人会不解地说:"什么?"

我会试着解释说:"有点像猫的心理医生。"

但对方仍会一脸茫然地问:"给猫做心理治疗?和猫对话?"

"如果你的猫在你床上撒尿,我可以让它以后不再这样。"

费好大力气让对方了解个大概以后,也还是躲不掉接下来的问题:"做这个真的能维持生活吗?"

"勉强吧。"

一位记者想知道我是如何向人介绍自己职业的,以上就是我给她的答案。

听我讲完后,她说:"说实话,你看起来不像人们心目中和猫有关的人。"

她说得没错。我身上到处是文身,头发剃光了,两只耳朵上都挂着大大的耳环,悬到和我的大胡子齐平的位置,也就是胸口偏上一点点。

但这没什么影响。我告诉她,这个形象也是计划的一部分。我们要推翻人们心目中爱猫者的固有外在形象。全国各种各样的人——飞车党、政治家、神职人员等,都可以是爱猫人士,大家都献出一份力,才能帮助数以百万没有容身之处的猫有家可归。

这次采访的一年后,我的真人秀节目《管教恶猫》(*My Cat from Hell*)迎来了首映。在这个节目里,我帮助养猫的人加强与自己的猫的关系。我在动物收容所工作的时候逐步形成了一套自己的方法。在那里,我学会了爱,学会了感激,学会了更加游刃有余地应对猫。

自从开始这份工作以后,我已经接触过收容所里、各种家庭里的数万只猫。但只有一只猫是本书的重点,这只猫教给我的东西是最多的。

本尼(Benny)是一只6斤重的公猫,我很爱它。我家里有许多小动物，而且我从不厚此薄彼，但本尼总是要求最多。它外形不美，却行为偏僻、性情乖张。14年来，我就像一个猫爸一样照顾它。从博尔德搬到加州时，我离开了在博尔德熟识的健康专家们，所以本尼健康出问题的时候，我着急地到处寻找与我理念相近的兽医。本尼在一个当地兽医那儿进行第一个针灸疗程的时候，它在医生精湛的手法下舒舒服服地完成了治疗。但那位医生的态度非常一般。

我本想在博客上分享这段经历，但我与本尼的旅程中有太多的东西：妥协、爱、成长、学习、挫折、教训。我想写下本尼的故事。和拍摄《管教恶猫》一样，写书的目的在于让读者了解猫各种各样的奇特行为，并学习如何补救。读完此书，读者或许还能满怀庆幸地发出感慨："起码我的猫比书里那只猫好多了，我还应付得过来。"我很乐意向大家展现我这只小伙伴的真实模样。本尼肯定不太愿意被写进书里面，但就像我前面说的，能让它满意的事情本来就少之又少。

同时，本尼也是我生命中最混乱的一段时期的见证者和参与者。我觉得好好谈谈深藏心里的东西也很重要。我很珍视过去这些年里我与动物之间的关系。没有它们，也许我早已不在这个世界上，这样说毫不夸张。所以为了向它们表达敬意，我要讲出它们如何在我破罐破摔的时候，带我走出人生的阴暗角落。本尼是所有动物里最难搞，也最令人欣慰的一个。我很骄傲能把我们的旅程分享给读者。

我与本尼在这些年来经历了许多磕磕绊绊。这只小小的、灰白相间的短毛家猫在14年里每天都考验着我。每当我深吸一口气、双手枕在后脑勺靠在椅子上，为自己对猫的了解自鸣得意时，本尼就会在一旁用它的存在向我发出鄙视。

这是两个受伤的生命彼此治愈的故事。本尼以前的主人把它给了我，她觉得它"没法管"，哪怕它盆骨受伤坐在硬纸板盒子里的时候也不安分。我以前在动物收容所工作，非常同情那些动物们。我也在和它们的相处之中寻找安慰。我生命中的那段时期，只有它们能让我感到亲近。作为一个艺术创作者——作曲者、歌手、吉他手、乐队老大、演员、表演者，我已经失去了艺术生涯。老实说，我作为一个人的活力都丢掉了。从崩溃中走出的我，开始自我药疗①(self-medication)，并且在社交和感情上都与人隔绝。我有一段时间住的地方没有窗子、

---

① "自我药疗"是指在没有医生或其它医务工作人员指导的情况下，恰当地使用非处方药（OTC），用于缓解轻度和短期的症状或不适，或者用于治疗轻微的疾病。

电话和自来水。我还是浑浑噩噩地过下去了，惨淡度日。对许多东西上瘾的我麻木地活了下来。

但在这段时间，我还是完成了两件事：组建自己的乐队、与猫有了越来越强的情感联结。老实说，我根本就没想过要从事与猫有关的工作。我一开始只是想转移自己的注意力。正如我在一首未完成的歌（长达21分钟）里所写的，我想要"城市喧嚣中的宁静"。清理清理猫砂、铲铲猫屎、帮助他人领养动物，这就够了。但慢慢地，我竟然成了一个爱猫的人，一个知道猫在想什么的人，一个教他人怎么与猫相处的人。虽然身体上、精神上和心理上都尚不适应，但我还是逼着自己多多阅读、研究、观察、学习。事情也慢慢朝着我计划之外的方向前进着。

后来，当我第一次看见本尼的双眼时，我那远离集体、独自幸福生活的美好憧憬就消失了。在我和本尼的共同生活中，本尼永远都在制造着麻烦，乱跑乱跳、行为放纵。每天，我都要举手投降、求它配合，向他人讨教经验来对付它。它对人、猫、狗的攻击性都很强，它可能一时兴起就把如厕规矩抛在脑后，它不开心的时候会绝食抗议，它的肢体语言和沟通方法神秘莫测，受伤的盆骨使它破坏力下降，它的哮喘有时非常严重，时而发作的神秘小病也让我不堪折磨。但所有这些折腾，都有着非凡的正面意义。

我觉得要是没有本尼，我可能仍会成为一个成功的行为学家。但与本尼的相处让我不得不走出自己的舒适区。多年来，我都习惯独自生活。但遇到本尼后，我发现，我曾以为使我保持清醒的那些东西——严格的人际界线、药物依赖、玩世不恭、自毁行为——都变得不可接受了。如果我不愿意接受本尼，我也就不会愿意接受世界上其他的猫，无法学习、无法与它们共处。我知道自己必须远离酒精、毒品和暴食。我需要学会谦卑。我要活在当下，努力学习、改变。为了本尼，我做到了自己绝不会为他人（甚至我自己）而做的事。

在它离世前几个月，它让我明白该如何死去。我见过许多死亡。在动物收容所，出于工作需要，我也杀过动物。我陪伴过许多人送别他们的伙伴，我自己也有相同的经历。本尼的离开也教给我新的东西。那时他人认为我已经是一个猫专家了，但我的不称职、固执、上帝心理[①]（God Complex）让我的不足暴露无疑。我就像变回了16岁的自己，一个被扔上舞台将自己的

[①] 上帝心理是一种对自身能力、特权或者完美的坚定看法。即使铁证如山，有此心理的人也仍拒绝承认自己会犯错、失败。

真相唱出来的作曲者,一直唱到倦怠的观众失去兴趣。本尼死后,我不得不向自然法则屈服,只有这样才能真正在精神上进步,明白何为痛苦、失去和爱。

它离去的时候,我还在等待兽医为它实施安乐死。我向它讲述了我将要写下的故事,我要书写我们共同为彼此抚平伤痛的过程、书写我们拒绝让对方重回支离破碎的生活的决心。这故事中包含很多实用的建议,都是我从我们的相处中得出的方法和技巧。这样说也许有些煽情,但我要让本尼的生命通过本书延续。多变的本尼使我更加了解猫的方方面面。所有动物都让我更加明白了"理解"这回事。本尼为我开辟了一片全新的领域,现在我终于焕然一新,请让我与你分享我所学到的。

目录

 001
敏感又精致的恶魔

 020
湍流、怪物、45个吻

 059
无处不在

 089
支离破碎

 105
一无所有

 116
名不正言不顺

145
投降、下坡路

163
酸甜苦辣

184
糖和香料

192
仍旧残缺的新生活

209
自己

222
尾声

225
后记：值得珍藏的一年

敏感又精致的恶魔

我的计划看起来天衣无缝。我会找到最不费脑子的工作,像做咖啡师、在当铺工作、买卖吉他、做景观美化(在海拔2000多米的科罗拉多州博尔德的小镇上,景观美化无非就是用推车把石头从房子的这边运到另一边)或者拿把破牙刷清理出租的有声书。我不会在工作上费太大的劲,只想每天随便干点活,然后拿钱。只有这样,我才能有时间和精力在白天构思我的歌,然后晚上就可以和我的乐队排练一下。

我记得有一天早上4点,在为面包店送法棍的时候发生了这么一件事。那时是2月,我的车上很冷,所以为了防寒,我穿得特别多。突然许多句子就出现在我脑子里(后来成了我最喜欢的歌的歌词），节拍和我冷得打战的牙齿一致："在另一个故事里，我会等她一整夜 / 当她拿我的信用卡弄开我家的门锁时，我会假装已经睡着了。"（*In another story*，*I would have waited up for her all night long/And when she'd finally pick my lock with my credit card*，*I'd pretend to be asleep.*）然后，我的脑袋里又响起了美妙的副歌部分，随着阳光照射到熨斗山上，我的歌曲《小屋之歌》（*Notes from the Shed*）也完成了。我如释重负。在我十一二岁的时候，就知道自己的才华终有一天会消失。所以每次脑子里一出现一段旋律，我就知道自己宝刀未老。

比起这样充满灵感的早晨，更多时候是毫无建树。那天的灵感迸发还是让我坚信自己的计划能行，但这只是自欺欺人。半年前的精神崩溃已经宣告我的运气终结了，后面发生的事情使我再也无法找回自己一直依赖的灵感源泉。这真是残酷的命运转折，也可能是因为我在绝望中胡乱用药，我回不到过去。总之最终我丢掉了自己的人生抱负。我只想尽快逃离自己深深陷入的精神黑洞，永远不再陷进去。写作无法帮助我，对生活缺乏激情使当时的情况雪上加霜。

主要问题在于我不能长久坚持自己的目标。在当铺工作时，我变成了一个空想家。我有一个宏伟蓝图——把当铺变成博尔德第一个可收藏经典乐器的商店。在咖啡店时，我又觉得只做咖啡师是不够的，我要做一个匠人，学会自己烘烤。对精神错乱的恐惧时常拍打着我的想象与抱负。为了保持正常状态，我也坚持着自己的奇思妙想，但又在这种恐惧感中受挫。接触过精神病患者的人就会知道，精神错乱就像一个满身臭汗、口气熏天的出租车司机把门一关便带人到处乱走。你越是不舒服、挣扎，就越是中了圈套。

人越是脆弱，就越容易精神错乱地掉进漩涡之中。我在一家小有名气的餐厅工作时，手上的创可贴鬼使神差地跑到了客人的嘴里，于是我丢掉了那份工作。之后我就决定不再从事服务行业了。一周之后，我在报纸上看到博尔德人道协会（Humane Society of Boulder Valley）在招人，我觉得这可能是个命运的暗示，我会去为动物服务。从那时候起，我的人际关系变得非常简单。毕竟我一直都在追求简单生活，写写歌、和我的乐队待在一起、照顾动物，我的内心热情地拥抱着这个决定，这是个好法子！

但这种基于迷信或者直觉的决定不过是种借口，我只是换了个方式堕落而已。其实内心深处，我的感情非常贫瘠，我已经无法和人类真诚相处了。疲惫不堪的我完全被现实击败了，不知道命运会把我引向何处。

我去人道协会面试时,表现得要比我在餐馆、当铺、搬石头那些工作的面试都要自信得多。我手臂上满是文身,我觉得我没理由掩饰真实的自己。我喜欢大件的首饰、带着埃尔顿·约翰①(Elton John)样式的眼镜、胡子编成辫、身上染着各种各样的颜色、挂着许多非洲珠宝,上面还串着各种挂件。我想他们要接受我的话,就得一并接受我的热情,接受我和动物相处的志愿经历(纯粹胡编的),而且没人会拿着这么少的钱,在铲屎、洗笼子、照顾动物这些事情上比我做得更好。

奥黛丽(Audrey)是动物收容所的主管。她懂得很多、工作认真,但这个美人不紧不慢的模样容易让人分心。我记得我面试的时候不仅不紧张,甚至还跟人调情。但面试过程没出现什么浮夸的、不恰当的东西,我只是感觉自己像被她迷住了一样。面试就这样微妙地展开了。

每当我觉得某份工作是为我量身定制的时候,我就有完全的自信,绝不担心自己会表现得像个蹩脚的二手车销售员。面

---

① 英国著名音乐人。

试时,我觉得没有必要过于紧张。奥黛丽问我是否有在类似收容所的地方工作的经历,我就编造了一段在纽约的动物收容所当志愿者的纯虚构的故事。我觉得奥黛丽不会真打电话去核实这件事情。在我看来,无须走任何形式,奥黛丽就可以直接提拔我为副主管。

"你处理过有攻击性的动物吗?"

我指了指自己的手臂(其实什么也没有,反正全是文身也看不清)说:"看见这个了吗?一只非纯种的秋田犬弄的。挺吓人的吧。但更要命的是这个,"我煞有介事地给她看靠近左手手腕的一串斑点,"这个才把我疼坏了,拜一只小猫所赐。我宁可被狗咬一口。"

奥黛丽很同意我的说法:"我也是!"

你有做过这样的梦吗?当你正在大步向前走着,向下看时突然发现自己走在一根钢丝上。你知道自己有50%的概率会掉下去,所以必须努力保持平衡。在这样的梦里,我不会往下看自己的脚,所以也就没什么能影响我的方向和步伐,我就像

《周末夜狂热》[1]（*Saturday Night Fever*）的开场镜头里走在布鲁克林街道上的约翰·特拉沃尔塔（John Travolta）。为了面试，我使尽了浑身解数。

尽量收养动物而非购买宠物

2013年美国有将近400万猫狗会死在动物收容所。我们已经付出了很多努力，切除卵巢或阉割这些动物。但现在更需要做的是收养那些没有家的动物，而非购买宠物并使其越生越多。约30%的收容所动物是纯种的。我们的文化现在仍在鼓励大规模繁育，这些地方被称为小猫小狗繁育场。我们有两个选择——接受动物保护者的职责或者怂恿任意支配动物的风气，这两个选择之间是没有中间地带的。

"杰克森，在这里工作的人都要负责安乐死。如果你不能接受这个职责的话，我不能雇你。"

"当然啦，这是没有办法的要求。怎么可能把这么沉重的工作只放到一个人的肩膀上呢。每个人都承担一点才算公平，对吧？"

---

[1] 20世纪70年代著名美国电影，由约翰·特拉沃尔塔主演。该电影开场中，主角自信从容地走在布鲁克林的街道上。该镜头是电影史上的经典镜头。

"所以你对这件事情没问题咯？"

"没问题也只是相对的。如果心里完全是麻木的，也不会干这一行。但我会努力的，相信在你的帮助下，我会习惯的。"起码这些话不是随口胡说的，这种想法也是人之常情，而我只是把它描述了出来。奥黛丽告诉我，在20世纪90年代早期，有1000万~1200万只动物在收容所被杀死，因为没有足够的人来领养它们。我们的职责是教育公众，尽可能地推广卵巢切除和阉割，并帮助那些不幸的动物。另外，我们还要实施安乐死。

"很多动物到这儿之前已经遭受了虐待，有的受伤很重，我们已经救不了它们。"

我点了点头，有些说不出话，场面尴尬得像一个13岁的孩子第一次面对观众，紧张到动弹不得。

"你要负责把尸体装进焚尸炉并清理焚尸炉。"

"如果有人提出要求的话，你要当着他们的面协助或者实施安乐死。"

我再次说不出话来。这是那天我第一次低下头看脚下的钢丝。我很害怕那种压力，要实施得很好，让动物和它们的主人都安心。在这样的情况下，我很难故作镇定。但我还是努力给出充满信心的回答。

"会有人带我熟悉工作吧?"

"当然啦。一直带到你能自己应付为止。我们不想让在这儿工作的人一边卖力工作一边承受很大的心理压力。"

"那太好了。那就没问题。"

奥黛丽一直想进一步试探我。我想一定有很多像我一样的人申请了这份工作,装作成竹在胸却毫无经验,最后在大风大浪面前原形毕露。虽然我好几次本能地想夺门而逃,但我是绝不会退缩的。

很讽刺的是,就在奥黛丽搞得我紧张兮兮的时候,收容所的一只叫"屁股蛋"的猫(叫这个名字是因为它没有尾巴)让我平静了下来。它在桌边走过时,我就去摸它,它凉冰冰的毛在夏天摸起来很舒服。它从桌子上笨拙地摔了下来,让紧张的气氛得到些许缓和。

每每出现这样的时刻,奥黛丽就会很认真地问我:"你觉得没关系吧?"

"没关系。我想加入你们。我想出一份力。"这是实话,我都想不到自己会这么说。但当时我并不知道,在我自以为高明的伪装之下,我的内心深处确实想要好好体会生活,帮助他人。

一小时以后，我们谈妥了。奥黛丽带我在楼里转了转。我们站在楼外的空地上望着池塘的时候，我问她什么时候能最终决定，她眨了眨眼说："今天晚些时候肯定就定下来了。"

我回了家，心想自己的人生已经步入了新的阶段。这份工作不像其他工作，能带来那种"终于有钱付房租"的感受。但我知道这份工作需要我真正在情感上投入，处理偶尔会有的恐惧感，我觉得一切都没问题。在喧闹的领养区，我已经见到了一些动物，狗儿们隔着栏杆舔了我的手。从第一只狗看见我开始，吠声就没停过，其他狗也跟着叫。猫们在笼子里向外张望，评估着来者的威胁级别。那一瞬间，我感觉它们都在和我对话。我开车回家的路上，脑海里仍是它们。

回家后，我告诉家里的人，我在那儿感到被需要、感到自己有责任做贡献，而且这种感觉很棒，我能得到救赎。我住的地方的客厅里随时都聚着十多个人，包括我们乐队的人和其他朋友。我是这群人里资格最老的。我们每晚都会聚在一起，就跟正儿八经开会似的，我总能让气氛热闹起来。

后来我接到奥黛丽的电话，她告诉我，我没有得到这份工作。我又问了一遍，没有一丝反问的意思，只是单纯地不敢相信。

"真的吗?"

通常那个时候我已经睡觉去了,但那天我睡不着。我很生气,"看来在面试的时候,我完全理解错了。"

"你现在确实不能马上获得这份工作。"

"我……"我又气又难堪,通红的脸变得很难看。而之前我还颇为潇洒地告诉朋友们我的人生将会迎来一个大转弯。

奥黛丽又说道:"不是你想的那样。相信我吧,你做得很好。但得迂回一下,你才能来工作。"

"要怎么个……迂回法?"

奥黛丽沉默了一下,思量着怎么说合适。"很不好意思……我希望下次我们招人的时候,你能再申请一次。"

"好。我也想再申请一次……嗯……"

等等。究竟发生了什么?

我看了看电话,马上挂掉了,像电话有毒似的。我感到震惊,感到心痛、恶心、压抑。

我脑袋好像装了一团糨糊,在屋子里走了几圈,又往楼上去找室友。但现在有9个人、9只猫、36只眼睛都在看着我。但他们什么都没说,因为他们也能猜测到我得到的是坏消息。

我心想:"他们如果仅因为外表就否定一个人的内在,那他们也配不上我。"在自暴自弃这方面，我是个大师级人物。我在写出一首潜力单曲之后，会心血来潮地把它改到13分钟那么长。比如，一段朗朗上口的主歌或者副歌，我非得往里面夹一段肿瘤般多余的3分钟独白，还坚决不愿意拿掉。我总觉得要么就全盘接受我，要么就彻底拒绝我。

某个时候，我发现也许是我胡子上的小辫儿让我失去了那个工作，在那儿工作的人帮我确认了这一猜想。没能进入那个机构让我特别不爽，之后我开始借酒消愁。有好几周，我都醉得特别厉害。我加了些杂七杂八的东西在酒里面，这让我产生了幻觉。

我开始和一个女孩混在一起，我现在仍记得那段浑浑噩噩的时光（但我已经不记得她的名字了）。我们一起喝酒、打闹，晚上也不想睡。我们跳舞、亲吻、傻笑。我们都忘了自己。如果那个时候我能清醒片刻，我也许会觉得所谓"聚会"只是一种绝望的逃避，就好像逃离沉船的时候没有救生艇，只有个糖罐似的。

但当时我没有清醒过来，我舒舒服服地沉浸其中，只有这样我才能活下去。

虽然过度敏感使我随时都紧张兮兮的，但也让我对人类与动物充满了好奇。这种特质也注定了我会成为一个靠艺术生活的人。光是通过观察他人走路时胯部的扭动，我都能观察到很多东西。

有一天，我父亲带了一个摩托罗拉的唱机回家。这个唱机需要先像翻书一样打开，再把唱片放在转盘上播放。他去书店随便挑了几张唱片拿回来，我完全被迷住了，随便什么歌都让我感到着迷，我完全陷入了音乐世界中。每晚我都会给他们表演，每次都会有一首《尚蒂伊蕾丝》（*Chantilly Lace*）。这首歌的开头是电话铃声及浑厚的男中音俏皮地说道："你好，宝贝儿！"（*Hello*, *baby*！）现在我知道了，在我进入青春期以前，我的人生就已经在某种程度上决定了——没有计划、没有成就的忧虑，没有好高骛远或者束缚，我知道那台摩托罗拉唱机标志了我的一生。

我身上的敏感能量能使我成为歌手（或者作家、演员、调情老手）并如鱼得水，因为我能将这份能量为己所用。这就包括我有扯开嗓子大吼的技能，但在生活中，我很害怕大声喊。我之所以不再演戏而选择音乐，就是因为我总被定性为一个胡言乱语的疯子。但我觉得，作为一个歌手，我将那种"敏感歌

手 / 作曲家"的固有形象击得粉碎。我可从来不是什么"背景音乐家"。

歌手的身份时时让我感到兴奋。我第一次上台的时候还没到青春期。但当我站上舞台,我立马有了回家的感觉。身处大千世界带来的沮丧、自我厌恶,在我走到聚光灯下的那一刻反而都烟消云散。妈妈告诉我,我小时候上街都穿得花花绿绿的,耳朵上戴着吊到肩部的大耳环,而我竟完全不懂为什么街上的人都会望向我。

接触吉他的时候,我就开始了歌曲创作之旅。自从我开始创作,我就开始向他人演奏自己的歌曲。我开始到曼哈顿的街上去表演。人们会往我的吉他盒子里扔钱,更重要的是,我需要城市中的噪音才能专注起来。我很快就吸引了很多人的关注。

很小的时候,我的观察能力就特别强,进大学后又得到了提升,除了音乐,我还选修了戏剧。不管写剧本是否是我的本意,登上舞台后的我并不快乐。我有时会去公园观察行人,然后提出这样的问题:这些人的内在是什么样子的?他们出现在这里之前和之后都发生了什么?他们要去哪儿?他们把谁留在家里了?为什么这人要挺起他的胸口?为什么她耷拉着肩膀?通过看到的东西,我能在心里构思出一个又一个故事。这很简单，只需要在自己为这些人（甚至是猫）创造的故事里加入一点想象力，再大胆丰富一下细节。

很快我发现，不用登上舞台，我也能找到舞台上那种感觉。14岁时，我不仅抽烟，还使用了一些药物。虽然酒不是我的最爱，但最容易买到。这段经历我就不赘述了，总之欲望像个无底洞，就好像女孩们想要一生只爱一个人，我也对这些让我堕落的东西日思夜想。

那时候，我加倍地挥霍着一切。

这样的生活习惯在一段时间里没对我产生太大影响，我能照常生活、做事。该做的事，我一样没落下，学校的课我也没有缺。我一直都在创作高水准的音乐，和身边的普通人、朋友也保持着很好的关系。我读大学比我的朋友顺利得多，读研究生的时光也还算过得去（美中不足的是，我学编剧的同学总让我演些反社会人格的角色）。

在我搬到博尔德从事艺术工作（全职歌手/作曲人）以后，我开始失常了，开始望向脚下的钢丝。作为一个社会成年人，过于敏感压根不是好事。事情总有两面性，不是吗？

太多艺术家、瘾君子都异口同声地说：我们用药是为了获取灵感，在平凡的生活中保持活力、展现自己。但有时我们更需要远离灯光，也必须走向更深处、走向没有光的那一面，才能接近真实，打开理解的窗户。做手术时人人都想打麻醉，这样会轻松得多。有许多令人难以招架的厄运就在出其不意的地方等着打击我们，那何不早早麻木呢？这就像猫在自己的领地里的防御机制，猫会在门窗上撒尿，以防外来入侵。当外来势力入侵的时候，它们就会通过气味向入侵者表示，这块地盘惹不得。

1992年，我在博尔德的生活可以说是急转直下，过得如行尸走肉一般。半年之后，我简直失去了正常的生活。那时我自己买很多药物，做着许多毫无前途的工作，挣钱付房租、买药、喂饱自己和猫、买吉他弦。那时的我是一个自诩为聪明人的蠢货，让他人替我思考，然后又怪罪他人没有把我的生活放在第一位。回想起来，那时我就好像把自己围在了一堆避雷针之间，药物让我越陷越深。最后我没有躲过雷霆一击。伤痕累累、心惊肉跳的我起身去工作都得鼓足勇气。

我开始见心理治疗师和精神病医生，前者倾听，后者开药。我请求他们让我住院，只要让我恢复正常就好。但医生还是让我坚持吃药，整整10年，这就像个无底洞。就像所有药物成瘾者一样，我把一切都怪在医生头上，觉得是他们让我丢掉了一切宝贵的东西。这个过程让我付出了太多代价——我失去了身边的人、我的乐队、我的才华，我还接触到那让我又爱又恨的氯硝西泮①（Clonazepam）。

出乎意料的是，在接下来的几年里，虽然我的创作灵感渐渐消失，但谦逊这个品质却慢慢回到我身上。（之前作为创作者的我谦逊不足，但好在这品质并非是一个摇滚创作者的硬性要求。）

在报纸上读到博尔德人道协会又开始招人的时候，我立马紧张了起来——非常紧张，而且还感到有些悲伤。这世界简直是在戏弄我。总之一切不好的情绪都上来了，我得喝个酩酊大醉才能麻木自己。那时正值盛夏，再加上喝了些乱七八糟的东西，我居然在炎炎夏日冒起了冷汗。我一丝不挂地站在阳台上大声地演奏着自己的歌，身边还有3个室友陪我一起唱。对面

---

① 氯硝西泮，常用于治疗及预防癫痫发作、恐慌症。常见副作用包含嗜睡、协调能力差、易怒，也可能增加自杀的概率。

是举行返校活动的学生,他们明显对我不太满意。

一个女生说:"你真要这样?能不能停下来?"

我没有回答她,场面很尴尬。

她吼道:"你的水平连一般都算不上!"她让我想起几周前我跑去对着一个空房子演奏的事——一堆和她长得一模一样、喝得烂醉的女生粗暴地打断我的演奏,让我给其中的某位唱一支生日快乐歌。想到这茬,我弹得更大声了,还弄坏了一根弦,而且完全没在调上。但我很享受。

她很生气,继续说道:"天啊,你怎么这么混蛋?"

我朝她比出一个不雅的手势,室友们看到后哈哈大笑。

然后她的守护神就出现了。那个健壮的男生从吊床上走下来,一字一顿地说道:"听着,你再这样,我就报警了。你想让我报警吗?"

然后我就爆发了。

"不是我想报警,是你想。闭嘴吧你,不然我一把火把房子给你烧了,等你逃命跑出来,再把你俩打得哭着满地找牙!"

我记得我当时声音都是嘶哑的。我的室友不是那种平息事态的人,而且那天是周末,还喝了点酒,再加上我们那时正精力旺盛。我冲麦克（Mike）吼着，让他拿把剪刀给我。然后这傻子还真拿了。我当时真的是脑子不清醒，只想气气那俩人。我拿过剪刀，剪掉了胡子。我把剪下来的那点胡子拿到鼻子面前，假装使劲闻了一下又马上拿开，仿佛拿在手里的是夏天连穿3天没洗的臭袜子。

然后我把胡子往他们身上扔，扔到了那男的腹肌上。

然后他就像明星演唱会上的13岁小女生一样尖叫，战斗开始了。我继续剪，一边嘴里骂着，一边把"毛发炸弹"扔向他们。这一对情侣在我的攻势之下被迫分开。每次他们想要抓住机会反击，我就会把我剪下来染过的胡子扔过去。我扔的胡子看起来就跟几个月没洗一样。他俩越来越招架不住了。麦克也加入了战斗，我俩就像保卫冰雪城堡的勇士，对他们两人进行无情的打击。

最后这场胡闹还是结束了，我离开了舞台……不对……是阳台。然后走进屋子里，剃了头，感觉很不错。我头上乱七八糟的，剃起来扯得生疼。但剃完头后我感到焕然一新，感到更轻盈了。我还是我，但整个人精神多了。

回忆总有美化效果，这是人类体验的一大妙处。这之后我就更符合摇滚形象了。这时的我可是寸头,而且我剃得非常潇洒、有个性。没人逼我留这个发型,我只是喝醉了,一时兴起就做出了让人摸不着头脑的行为。

我等不及地回到了收容所。当我出现时,奥黛丽挤出笑容望着我。我说:"路过这儿,就顺便来了。"

这次,我得到了这份工作。

湍流、怪物、45个吻

我抗压能力不强,在新环境里也总是表现欠佳,这对演员来说是一个噩梦。还记得上六年级的第一天,我第一次知道课程表、学期、储物柜、密码锁这些东西,多得我应付不过来。那天可把我累坏了,光是密码锁,我就捣鼓了8分多钟,还失败了。下数学课时我慌张地把书拿起来,还夹着铅笔、圆规、量角器。结果我的手被铅笔戳到了,还把铅笔尖弄断了。受伤的我在柜子前流了一摊血,校医跟我说没什么好怕的,这算是我人生中的第一个文身。她这个说法我很喜欢,因为这代表以后我还会有新的文身。她说得没错。我的右手掌心现在仍留着这个印记,记录着我对新事物的尝试。

我在博尔德人道协会的第一天也没好到哪儿去。前一天我喝了酒，因此去的时候头痛欲裂，比以前都严重。我可是扯了谎才得到这工作的——没有一丁点正儿八经的动物收容所工作经验。虽然他们给了我培训资料和入职手册，上面有详细的工作讲解，但走进收容所的那一刻，我感受到了六年级时的恐慌。但好在那一天事情实在太多，从进门起到下午5点就没停过。

我得到了教训。昏沉沉地睡了5个小时后，我就去应付几百只大声讨要食物的动物，那滋味实在不好受，那些叫声直接穿过头骨折磨着我的大脑，脑子就跟被铁锅砸了一样嗡嗡叫着。这让我认识到生活规律的重要性，起码酒是该少喝的。除了叫声，气味也很难忍。狗区、猫区和门口的空地都奇臭无比。

我最先接触的工作是领养。艾莉森（Allison）是负责这部分工作的人，也是带我熟悉这部分工作的人。没过几分钟我就发现，艾莉森脾气比较急躁。我刚到收容所就开始出汗，那里的房间很大，噪音不断，墙上贴着瓷砖，只有最远的一面墙上有个小窗户。一堵煤渣砖砌的矮墙拦在中间，免得两边的狗相互对峙。我记得两边各分成12块，每一块中间都有金属隔断，收容所没满的时候就交互使用：一边给狗喂食，另一边用作清洁。收容所满了的时候,隔断就成了一堵墙,把那块区域一分为二。

第一天我穿着橡胶鞋、短裤、手术服在潮湿、难闻、嘈杂的环境中工作,我觉得自己在午饭之前就会崩溃十多次。那些动物就像知道我好欺负似的,有好几只狗从自己的区域里跑出去了,然后像电影《铁窗喋血》(*Cool Hand Luke*)里保罗·纽曼(Paul Newman)扮演的角色一样纵情捣蛋。那几根彩色的尼龙活扣狗绳,我用不利索,但那些老手用起来就像牛仔玩套索一样熟练。他们把绳子搭在肩膀上,然后从另一只手的胳肢窝下绕过,看起来像"第四世界"的首领。

我很快就在那里认识了许多人,而且一直跟着他们学。像苏珊娜(Suzanne)、达斯汀(Dustin)、金(Kim),甚至是我最害怕的艾莉森,他们的动作都充满自信,他们拉狗绳像拉小提琴一样优雅,我协助他们指挥着狗和流浪猫。但对我来说,这里的所有东西我都抓不牢——从四只脚的活物到不锈钢碗,所以我对他们异常羡慕。

当我第3次被尼龙绳难倒的时候,艾莉森开始发牢骚了:"天啊,你就像从来没玩过这东西一样。"

"那个,我……"

"行了，不管怎么回事，赶紧弄好。"

在这之后发生的事情，我都已经记得不太清楚了。

来收容所最初的6个月，我的生理、心理、情感上的消耗很大。早上先要打扫笼子、喂食，为收养区开门做好准备。只有从笼子之间走动的时候，或者拿食物、放食物的时候，我才能和动物交流，给它们一点关爱。开门之前，我们只有3个小时的时间准备，开门的时候所有动物都必须已经清理干净、吃饱饭，领养区也得一尘不染。

这期间根本就不能休息。只有把剩下的食物拿去喂猪和喂公鸡的时候，才能抽支烟。很快我转到了一些前台工作中：处理送到我们这里来的动物、监督主人对动物的探视（这些动物因为各种原因被法院强制要求送过来）、做领养顾问、帮人选择合适的动物。这个工作最棒的地方就是我可以帮这里的动物找到新家，然后让它们离开这个破地方。

一天结束后，我们中的一些人会在某个同事家放松放松。很多时候我们都去朗尼（Lonnie）家里，他是前台的主管。一般我会先在他家洗个澡——因为去那儿工作后，我就住到了一个没有自来水的仓库里，然后再去和我的乐队汇合排练。

那段时间我过得很开心。我不再只是为了那点微薄的薪水而工作，而是为了给动物们打扫卫生、创造舒适的环境、帮动物找到新家、保护它们、爱它们。

但只学会如何完成这些任务并不够，更重要的是要带着热情工作，并且学会适应每天都会发生的生离死别。工作的第一天，我就把死去的动物扔进了焚尸炉并清理了焚尸炉。我刚去一个小时就闻到了尸体的味道，那会儿毕竟是夏天，动物的尸体很快就腐烂了。

收容所的工作就和打仗一样，必须专注于眼前的事，想得太远只会让自己分心。我刚去不久就要学会实施安乐死，因为没有哪个收容所想花时间培养过于脆弱的人，所以为了考验新人是否会退缩，每个新人都要很快面对死亡。在收容所工作的人常被人误解，被贴上"机器人""无情"的标签。这让人很难接受，因为这些每天照顾、杀死动物的人，恰恰是我见过最有爱心、最热情、时刻为动物着想的人。

交叉培训的最初几周，我还去了负责卵巢切除和阉割的地方。一个在那儿工作很久的人精神会非常疲惫，我能感受到。那位负责手术的女医生每天要实施很多台阉割和切除手术，我是个新人，也只能对她心里的苦冷眼旁观。有一次，一台切除手术需要我去帮忙,而这台长达11个小时的手术实质上是为一只混种的拉布拉多堕胎。她从这只拉布拉多的胚囊里拉出了六七只小狗的胚胎,然后我就往胚胎里注射我们称为蓝水的戊巴比妥钠^①(sodium pento barbital),接着胚胎也会变蓝。

这件事已经过去15年了,但我仍记得把小狗的尸体放到不锈钢容器里的声音。我强作镇静,假装自己能接受这个残酷的现实。我忍住没让自己问出这样的问题:"这些小狗长大点就可以跑出门撒野了,干吗要杀了它们?"

我为小狗注射的时候,她向我发表了一通颇为残酷的讲话,我估计这番话她已经说过成百上千遍了。她先问我:"你叫什么来着?"

"杰克森。"说完后我就把胚胎放进了容器。

"听着,杰克森——"她刚开始说,嘴角就流露出轻蔑。她十分厌烦地叫着我的名字,好像我是个曾粗暴对待过她的长辈。

"杰克森,这就是不给动物切除卵巢的后果。"话音未落,她又将一只小狗的胚胎放进了容器,这个动作好似在强调

---

① 早期当作安眠药使用,因为副作用过大已停止使用,现多用于安乐死。

她的观点。虽然我感到有些受辱,但在她说话的时候,我慢慢不再感到恶心、害怕,我全身发抖是因为愤怒。这女人想跟我来一番道德说教。我心想:"繁育场可不是我开的,你这臭女人。我可是个好人。"这时,我突然想起之前朗尼告诉我的一个词——同情疲劳①(compassion fatigue)。而眼前这个女人简直就是这个概念的绝佳案例。

从那时起,我知道不管我从事这种工作多久,在我想起这个词的时候我都会想到她。朗尼告诉我,同情疲劳在收容所的工作者中非常普遍,而且往往会悄无声息地毁掉一个人。一旦麻木地投入到清理、文件整理、扔胚胎这些工作中,一个人就没救了。过于关心动物、太能感同身受的人,面对源源不断受苦的动物,最终一定会改变。他们会变得总想责备他人,把这些苦都加到自己身上。这种疲惫会一天天将人吞噬,等到发觉这一点时,一切就已经太迟了。

当时我还没接受这种考验,我正懵懂地适应着一切走向新

---

① 同情疲劳指经历过太多感同身受的同情后产生的淡漠情绪。比如,在应对了太频繁或太多次慈善诉求后,对苦难中的人们表示冷漠。同情疲劳最常见于医护人员和慈善组织工作人员,公众在频繁接受这类救助信息后也会产生这种心理。

生活——成为一个动物保护主义者。但在这生活的湍流边也有不易发现的树枝,随时可能把我勾住。我可能会因为自己的热情和撒过的谎栽跟头。我从来没有参与过安乐死,但现在它就像一个职业投手投出的快球一样向我飞来。

看见自己的名字出现在日程表"安乐死/火化"那一栏的时候,我紧张得要死。尽管我发誓要做一个保卫者,也愿意全心全意地去照料动物,但我还是很担忧。这个建筑里到处潜藏着死亡,仿佛在等着我们放弃抵抗、向无情的命运低头。现在必须要去经历了,我不得不直面自己过于天真的想法。总归是要去尝试的,我发誓要在这个紧密的团队里和大家一样。每个人都要承担安乐死的责任,这是这个团队必须平等分担的重任。我们就在这条街的尽头默默工作着。这个地方阴冷又潮湿,后门是一扇沉重的金属门,之前就是通向焚尸区域的门。为了不被到访的人撞见,在为动物实施安乐死后,我们必须悄悄从后门出去把尸体烧掉。

我协助实施安乐死的第一只动物是比特和拉布拉多的混种。那时候比特犬是收容所实施安乐死比例最高的一种狗。那只狗很害怕,被狗绳套着带了进来,因为它之前在街上游荡,而且看起来情绪很不稳定。

为了保持注意力，我只去想自己该做的事：记下工具箱的密码，拿出镇静剂，根据狗的体重适量注射镇静剂使其平静。过了一会儿，我们把氯胺酮（Ketamine）和隆朋（Rompun）混在一起注射——这种方式的弊端之一就是两种物质有不融洽的反应，这会让动物像观看网球比赛的现场观众一样左顾右盼。我告诉自己要和狗说说话，在这样的险境中守护它，深呼吸，把握好节奏慢慢来。哪怕打了镇静剂，狗也能看出面前的人是不是慌张了。如果人都慌了，它也不会放心。拿出蓝水，我想着，量用多大呢？而在不久以前，还有许多动物被成群关进毒气室杀掉。所以从人道主义事业的发展来说，尽可能地减少安乐死的痛苦是设立新标准的开端。比如，实施安乐死时究竟是开灯好还是不开灯好，是独自完成好还是在身边有人的情况下操作好。

这种时候尤其要学会克制，我轻轻地将它的头挪到一边，让它的牙齿远离注射人员。这时我还得记住怎么找到静脉，如果腿上找不到就换背上。我在那里工作的这些年里，学会了往各种各样的地方注射药物：腹腔、肌肉，甚至是心脏（除了心脏还在跳，几乎快死的情况）。我也掌握了注射的最佳角度，掌握不好就会弄破静脉。如果是主人在场的情况下实施安乐死,那么弄破静脉就是一场终极噩梦。如果是为年老的动物实施安乐死,谁都不愿意重新找静脉,因为这会让动物更加不适,而它的主人则会在一旁悲伤地注视着这一幕。最理想的情况就是动物能平静地离去。这种时刻规范不再是最需要注意的了,现场如何随机应变更加要紧。

那只混种的比特犬的头和脖子躺在我的手臂上,注射后不久,我感觉到它呼出了最后一口气离开了。我轻轻地把它放到身下的毛巾上,沉默了1分钟。从那次起,这无声的1分钟成为我的一个惯例。对我来说这不算是哀悼,更像是一种尊重,是让我缓缓接受现实的过程,让我能将生与死看作是一个转化的过程。我已经不知多少次见证生命的逝去,却从没觉得死亡是件轻飘飘的事情。我不是僧侣,无法看得那么淡。死亡很糟糕,这些美丽的生物本不用如此离开,但我们没能阻止悲剧的发生。这种悲剧令人心痛,却仍在不断上演。我不会选择麻木对待死亡。

工作必须要做,我也会认真去完成,但我更会尽自己最大的努力从源头上防止更多悲剧的发生。我要努力传播卵巢切除和阉割的重要性,从行为角度去加以改变。我能帮助更多动物免去早死的悲剧,因为它们本不用在街道尽头那间阴冷、潮湿的房间里接受安乐死。

我第一次在聚会上和人讨论"安乐死"时,心里很不好受。和我说话的那个人不在动物收容所工作,但自称是"动物福利的倡导者"。他说:"我还从没见过动物在收容所被实施安乐死的。"从这句话开始,我们的谈话就变得不太愉快。我甚至遇到过说我是纳粹的人,还把其他收容所的朋友叫作"机器人""无情""凶手"。这是我受到过的最残酷的侮辱,听起来是在打趣,但让人难以忍受。我大脑一片空白,无言以对。自那时起,我心里对这类事情便有些难以释怀。

我的好朋友莉莉(Lily)是收容所的志愿者。她在20世纪90年代末期的时候听说了"好朋友动物保护区"(Best Friends Animal Sanctuary),她很着迷。她捐了很多钱,劝那些把动物带到收容所的人开车前往犹他州,把动物送到"好朋友"——动物在这儿可以生活在属于保护区的峡谷中,不必担忧安乐死。我的感受很复杂,是愤恨?是嫉妒?可能都有点吧。从内心深处来说,我很想在这种地方工作。设立更多不杀动物的保护区①是动物收容所工作的目标之一,但我们现在还远没有这个条件。在这个"一次性"社会里,总要有人去面对受害者。

我们现在的方向是对的。每年死在收容所的动物从1200万降到了如今的400万。虽然每次提起这个现实,我都感到伤感、厌恶,但这就是事实——我们不得不杀掉这些动物。因为动物太多,愿意养这些动物的家庭却不够。

我说的数字没有包括那些生活在社区里的猫。那些猫是我们的好伙伴。一般我们只是抓住它们之后进行阉割就放了。它们的寿命本身很短,也不必要痛下杀手。这些猫是属于大家的。真正要关注的是那些被抛弃、需要自己谋生存的动物,还有从家里跑出来后一直没能回家的动物。

许多来到收容所的动物都生活在恐惧中,无法与外界正常交流,而且具有攻击性。我们没有足够的空间和资源帮助它们回归正轨。它们只有两种选择:来到收容所,带着工作人员无奈的爱离开这个世界;或者在街上游荡,受疾病、伤痛、饥饿的折磨,无人关照和爱护,独自艰难生存。虽然我们能给予它

---

① 不杀动物的保护区(no-kill sanctuary)因容量、设施、运行能力有限,会比收容所拒绝更多被送来的动物。

们的爱很短暂，但起码那是真实的关怀。

这世上的伟大改变在刚开始的时候，都要经历些坎坷。参与者们最初难免会争得面红耳赤、互相指责。这是好事，有时只有愤怒才能全盘改变一件事情。这种争斗会渐渐结束，虽然最初的工作会有些混乱，但大家必须把干劲放到实处。现在"不杀运动"（no-kill movement）慢慢成熟起来，像"好朋友"这样的机构拥有改变现状的计划，但这样的计划绝不是将矛头对准收容所，胡乱批评。

有些人只知道一点皮毛就开始攻击实施安乐死的收容所，认为我们工作不认真、没有能力、没有感情。我被这样的人称为"纳粹"。怪罪收容所管理者和工作人员简直莫名其妙。怪罪我们什么呢？无情还是懒惰？天真是一回事，拿着正义当幌子的无知是另一回事。这些人无脑地大吼"不杀运动"，指责收容所的工作，自己却从没做出任何实际的贡献。我只想对这样的人说"去你的吧"。

还有一些收容所为了得到捐助大喊"不杀"口号，拒绝接收一些瞎了的猫和年迈的狗，把安乐死的任务留给别的收容所。对这样的人，我同样想说"去你的吧"。还有的人对实施安乐死的收容所嗤之以鼻，实际上却在等着他人为自己的肮脏行为擦屁股，因为不想脏了自己的手。对于这种人，我只想用脏话伺候他们。

希望爱动物的人，尤其是可能会宣传我们理念的那些人，不要被一些漂亮话蒙蔽了。我们拿到资金并不代表问题就能立马消失。我并非消极，但不动脑子，张口就是不杀，对那些无辜的动物，以及我们这些残缺体系中的工作者来说，这种无脑乱吼是一种莫大的侮辱。如果对现在的制度感到愤恨，就应该努力去改变它。

我们从事着与动物有关的工作，就说明我们对动物的爱不输给多数人。我们这些动物工作者中的每一个人比任何人都更希望，有那么一天，我们不必再做我们现在在做的事情。如果有人毫无道理地质疑我们的期盼，我同样想对他们说"去你的吧"。

实施安乐死让人不好受，动物被抛弃的原因更让人难过。有人因为要生孩子就抛弃了已经养了13年的猫，有人因为狗患了癌症而放弃了它。这些事情更加刺激着我们的神经。

有一天，一个男人带来一只可爱的罗德西亚脊背犬，我的朋友玛莎（Martha）负责接收了那只狗。

那男人说:"离开它,我很伤心。"

玛莎把绳子套在狗脖子上,蹲下去摸它的下巴。她问道:"那你怎么不把它留着呢?"说完站起身带他走到狗的区域。

男人说:"因为我要搬走了。"玛莎听后一时语塞。

她还是开口说道:"你是要搬去多远?中国?"

她在收容所的工作没有坚持太久。

每每遇到这种事情,我们都提醒自己(早早养成思考的习惯),好歹这些人把他们的动物送到我们这里来了,而不是扔到街上或者留在公寓里任它们自生自灭,这种事情发生得太多了,但也让我觉得自己的工作有了更多的使命感。将流浪狗轻轻抱在怀里,在它们生命的最后时刻守护它们,让它们知道有人爱着它们,让它们在死前感受到满满的爱。我相信在这个黑白颠倒的世界里,我好歹做了一些好事。

收容所的每一天都是不平常的。我每天早上离开家的时候都很难预测这一天会发生些什么。之前一天工作8小时,我把牙刷都放在工作的地方。但来博尔德人道协会后,我对工作极其专注,因为任何事情都可能发生,我们也确实处理了各种各样的难题。

有一天，我和我的乐队在博尔德的一个山庄进行了一次深夜聚会表演。第二天早上我睡过头了。这很常见，因为仓库里没有窗户，只有大大的谷仓门，白天也和夜晚一样漆黑。如果没有听到闹钟，能把人叫醒的只有自己膨胀的膀胱。在这个没有自来水的地方，尿急的话只能随手抓个塑料空瓶，或者跑到外面隐蔽的地方悄悄解决，可能跑到一半时发现必须得戴上墨镜才不会被太阳光刺瞎眼。那个时候还没有手机，甚至连座机都没有，我在这个地方完全与世隔绝。

我发觉自己可能要迟到了，就急匆匆地跑去上班。因为比起以前那些工作，我唯独不想丢掉这份工作。我从仓库飞奔到自己的车上，驱车到了收容所，开到收容所那脏兮兮的车道上，才发现自己连鞋都没穿。回去拿的话我就没法参加开门之前的准备工作了，所以那一整天我都穿着一双大胶靴工作。通常我们都是把胶靴套在自己鞋子外面，然后再去给狗冲洗。我的脚在胶靴里不断出汗，走起路来不断发出放屁一样的声音。

现在的生活跟过去不一样了，我得给动物喂食，它们每天都能看到我的脸，都能从我这儿得到药物和关爱，我还能为一些动物找到真正的家。我认真地关心着除了自己之外的世界，这是一种全新的感觉。

但我并没有感到我与猫结下了什么不解之缘。我这一辈子从来就不觉得自己是个"偏爱猫的人"。小时候我家里养的是一只狗，大学的时候我有了第一只猫，但在读研究生之前，我都没有对猫产生过什么特别的感情。就算在工作时，我也没有感到与猫相关的使命感，或者灵光一现的毕生追求。

我发现，在收容所或者其他我去过的地方，几乎大家都是围着狗转。我觉得大家并不是刻意去冷落猫，或者说不那么喜欢猫，但狗就是更容易被理解，也更容易相处和被改变。有志愿者专门以社会化为目标去训练狗，让它们能更快地被领养，也有志愿者在收容所背后的小道上带狗散步。此外，收容所还有很多帮助狗的其他措施。

但猫的待遇就不同了。它们往往待在不锈钢笼子里，周围都是飞舞的爪子和难闻的气味。没有什么小道可以让爱猫的志愿者带它们去散步。大多数的猫只能在笼子里或者空出来的会议室里被擦洗，这些待遇无法让这些心灵不堪重负的猫得到任何缓解。和我观察过的大多数狗不一样，不爱待在笼子里的猫待在笼子里时都会面朝角落、蹲在猫砂盆边或钻到毯子里，总之会尽量把自己藏起来。

一些潜在的领养者来的时候，往往只会在一个笼子前面停留4秒，看到猫的这种行为就会认为这只猫很忧郁，谁又会领养一只忧郁的猫呢？那些不愿意看人的猫，往往不会被领养，最终会被实施安乐死。而这本是可以避免的。

猫的需求

环境对猫来说至关重要。请记住下列要点，理解猫是如何看待这个世界的：

- **猫需要捕猎**。玩耍和捕食其实是一回事，猫如果不捕猎，就无法真正拥有自己的空间。所以主人要和猫互动、玩耍，让猫每天都能体验"追捕—抓住—杀—吃"这个过程。记住，是每一天。
- **猫需要自己的领地**。它们通过气味和视觉来标记自己的地盘。要确保它们拥有很多软垫、毯子、猫抓板之类的东西，并且把这些东西放在具有领地意味的地方——比如，拥有主人气味的地方。
- **猫看到的世界永远是立体的**。它们的眼里不仅仅只有地面，还有沙发、高脚凳、水槽和书架。它们要确保自己能够随时到任何角落，这样才能增添他们的领地安全感。

猫身上的忧郁使我开始关注猫的行为，但我只是短暂地以人类的视角去观察。我观察猫的眼神，或是猫从笼子里面伸出爪子和人接触的瞬间。然后我找出了所有与猫的行为有关的书，一字不落地看完了——以前我基本上不会看没图的书的，因此读完这些书对我来说已经很了不起了。不管在书上读到什么，我都可以立马观察猫是否有书上描述的行为。

有很多猫不愿进笼子而被实施了安乐死，正是通过接触和观察这些猫，我接触到了"游戏疗法"和"正向强化"。我有时会花几个小时来观察它们，然后用各种方式和它们玩，寻找能让它们开朗起来的办法。有时我也对它们进行"响片训练"：如果它们听到声音后能隔着笼子和我击个掌，或者只是走到笼子前面来，被领养的概率都会大大提升。只要我的实验假设能在一只猫身上成功，我就会和下一只猫做实验。如此一来，我便更理解猫了，也有更多的猫躲过了安乐死。

我还拿收容所的吉祥物"屁股蛋"做了行为测验（尽管在此事上和同事有些争执）。通过吃掉自己在收容所抓住的老鼠，"屁股蛋"的糖尿病减轻了。以前每次看到它爪子里抓着老鼠，我都希望它赶紧放掉。但我现在不这么想了，而且不管是同事、志愿者还是任何人，我都希望他们能看看此事的好处，它的病情实打实地减轻了，而且它能无拘无束地享受自己的生活。

猫也是可以被训练的！

"响片训练"是一种基于正向强化的训练动物的方式，它使用制约增强的方法来表示（标记）动物当下正在做的行为是正确的。鲸鱼、海豚、鸡、鸽子、猫、狗等动物都大量使用响片训练。

我不是很喜欢用这种训练来教动物耍杂技，因为这样有些侮辱动物（比如，通过训练教动物跳圈、骑自行车）。响片训练还可以有以下用途：

- 增进人与猫的和谐相处，比如，通过训练让猫学会在食物准备好的时候蹲下，准备进食。
- 通过特定活动增进人与猫的感情。
- 将上述两点融入猫的敏捷性训练中，锻炼猫的脑力和体力，同时增进人与猫的关系。

从这时起，我对猫有了更多的理解。这时的我不仅知道我们那儿有很多猫很忧郁，还知道了它们为什么忧郁，而我们那儿的狗都很会管理情绪。这么说绝不是贬低猫，只是狗更知道如何与人交流。在漫长的历史里，狗一直在社会层面上与人共同发展。也就是说，狗知道怎么才能引导人类去做一些事情，但家猫几乎没有这样的需求，所以它们根本没有发展出类似的能力。但每当我看着自己照顾的猫时，我都能感到它们在和我对话。

我从未开口问过任何一只猫："你今天感觉如何？"也不会有哪只猫对我说："呀，谢谢关心，朋友。我比较不爽的是那边的日光灯有点太亮了。而且你瞅瞅，我如厕用的这东西也太小了。除此之外都还行，活得好好的，没啥好抱怨的。"

那与动物交流究竟是什么样呢？在英文里，交流（communication）的定义是透露和交换信息，传达和分享感受与想法。这么看来，我当然是个交流者。我听许多人说过冥想的神奇、平静。除了舞台上的经历，交流是唯一让我获得类似冥想体验的方式。通过一次眨眼、一次轻微的相互点头、一次瞳孔的收缩，交流双方就能感受到彼此的颤动。你屏住呼吸，我也屏住呼吸；我的寒毛立起，身旁的你也会寒毛立起；我扬扬下巴向你致意,你便能放下警惕并认识我;当你在床头流泪时,我也会开始哭泣。我们之间并没有如此多的不同,交流就是理解,交流能够让时空变成一张连接你我的蛛网。交流与语言无关,语言是无关紧要的,有时语言会变成我们的敌人。

我与客人之间的交流障碍来自他们使我感受到的压力,他们希望我解释猫的感受,如果我做不到,他们就会失望和沮丧。我能解释动作,解释猫所经历的变化,但其他东西是无法言说的。我并非想要刻意隐藏什么,或者作为猫的专家去获取什么优越感。我希望他人能理解我所看到的东西,我绝不想独享。没有人能把人类的体验直接和动物的体验揉在一起,使人与动物心意相通,而人总是会很快失去耐心,忙着寻找其他捷径。所以,哪怕我和一只猫共处一段时间,我也无法知道它在想什么。

那时我并没有把所有这些问题想得很清楚。我只知道我想尽力倡导这样的理念,并且让更多人和我一起传播这样的理念。我知道,要想当人与猫之间的翻译,我必须学会更多词汇和术语,必须了解各种相关研究。我知道自己已经一只脚踏入了猫的世界,但管它的,我的名字、文身、胡子都已经够奇怪了,做个猫行为学家也没什么。我知道,如果想要改变这些东西,我需要更强的专业能力。

几个月后,我升到了前台主管。这个位置的交接过程颇为激烈,而且这个岗位很折磨人。收容所的工作样样都不轻松,但前台主管要跟人打交道——比如,有人仅仅因为家里房间太少就把养了12年的狗扔到我们这里,而且来收容所工作的人,或多或少都是因为不善与人交流才来的。

在前台工作意味着你需要稍强一些的周旋才能,这种才能有些难以描述,姑且算是一种优势吧。在前台工作的压力显而易见,之前的主管是朗尼,他就像高压锅上的气阀,总能巧妙地化解棘手的局面,并让我们平静下来。但这份工作还是击垮了他。有一回,他刚回房间就关上门开始对着墙上的一个洞猛踢,出来后又对着我们没完没了地说东说西。

有一天,他终于爆发了。因为某件事他变得怒不可遏,无论这件事本身是否重要,但这最后一根稻草最终压倒了骆驼。他把文件胡乱扔向空中,然后就走了出去,出去的时候还把脖子上挂着的收银机主钥匙取了下来,狠狠地挥了出去,无意间打到我的后脑勺。朗尼离开了,谢谢你朗尼,晚安。第二天我和我的朋友(我俩同一周入职)共同承担了主管的任务。

若一个人抵达目的地后发现与自己所预想的情况有较大出入,他必然十分失望。我也相信每个人都明白这种失望之情。在一个人发现自己想做的工作、想住的公寓、想生活的城市与自己的想象大有出入时都会如此。对我来说,这种失望是这样的:某天醒来后,我对自己说,就是博尔德了。我一定能在博尔德找到灵感,博尔德的人会打动我,我也会爱上博尔德的山。我甚至还没亲自见过这个地方,就下定决心要爱上这个地方。我以为我的人生会在这群山之间达到巅峰。就算最终我没能在这里攀上人生之巅,博尔德也会是一个安全的港湾。但刚到博尔德的夏天,我就一直住在车里,我付出了许多物质上与情感上的代价。有一天早晨,我羡慕地看了看邻居家,再看了看自己的,心想:"这,并不是我想要的"。

升职就是这种骨感现实的写照之一。这个位置上有无数的文件工作、一大堆头疼的任务。我很不喜欢当管理者,在这个位置上,我必须要拒绝一些想要领养的人。有些人的动物犯了错误被关在我们这里，我们要向它们的主人收取费用。我小心翼翼地接待过很多五大三粗、脖子上青筋暴起的人。我还要对领养事宜负责，确保领养人和被领养的动物能合得来。虽然每天我也会做很多有趣的工作，但我仍感到压力越来越大，我不是一个擅于调解的人，所以我很害怕那些愤怒的人。敏感的我总能在易怒者进门那一刻就嗅到对方的这种特质，我尽可能地在语言上保护着自己，逆来顺受，但我也有自己的极限。

有一天，我告诉一个男人，如果他要把他的柯基带回去，他得先把钱给我们。然后他开始冲我尖叫："我不信！"说完他开始环顾四周。那天是周六，前台人特别多，所以看起来他是想找几个有共同诉求的人壮壮胆。当时人太多、声音杂，我也只能大声说话。

"但是先生——"

"你们宁可把我的狗扔进毒气室杀掉都不愿意把它还给我！"

他需要给我们50美元，而且他手上戴的劳力士，我2个月的工资都买不起。

"不是的——"

"你们这些纳粹!"

我生气了,彻底爆发了。我就像朗尼那样忍无可忍了。我从桌子的一边抓住他的脖子,但他退了一步,我狼狈地摔到地上。后来,我的同事带我进会议室坐下时,我回想起6个月前的面试。在这么短的时间,我就已经崩溃了,现在我的精神状况很危险,我知道这个时候我该告诉自己:"这不是我想要的。"我得向前走。我得知道有什么更重要的事情是我能去做的。

后来我开始和黛西(Daisy)走得比较近。她是我们社区的扩展协调员,她在普及知识的时候很亲和,不会给人居高临下的感觉。黛西和那个负责卵巢切除和阉割的兽医不同,那位兽医的"教育"带着蔑视,而黛西一直真心实意地爱看自己的工作,珍惜自己动物使者的身份。她跟我说事情的时候,总是面带笑容、充满热情,脸上带着红晕。

有一段时间,善待动物组织[①](PETA)在公众眼中的形象

---

① 善待动物组织是一家总部位于美国弗吉尼亚州诺福克的非政府组织,主要目的是保护动物的权利。

和恐怖分子无异。而就是在那个艰难的时期，她把我们的理念传播了出去。黛西把我们关于卵巢切除和阉割的想法，以及反残酷的想法带进了教室，把仅关注家养动物扩大到关注所有动物，还配合使用了一些善待动物组织拍摄的生动的秘密视频。我们努力向六年级、高一的学生们宣传我们的理念，这些孩子在这个关键的年纪能从一些新的视角认识世界是很重要的。

我和黛西常常谈起管理工作：我们和动物的关系不像我们和自己的割草机或者书包的关系，我们不是动物的"所有者"，我们是它们的管家、保护者。在那段时间里，黛西对我的影响大过任何人。我渐渐认识到我们的工作与动物之间的关系，也认识到我们与动物共同享有着这个世界。而我所获得的这种认识里的核心部分正是深受黛西影响才形成的。

黛西的一切都是那么完美，我很难理解她离开那里的原因。但在消息还没有传开之前，她要离开的这件事就已经板上钉钉了。不管怎么说，她告诉我她要离开的时候，我只想接过她留下的工作，以这样的方式来表达我对她的尊敬。真正摆在我面前的难题是，我并不擅长协调工作（这毫无疑问是社区扩展协调员的岗位职责中最重要的部分）。而且对于前台的工作，我已经有些力不从心了,但我不会被击倒。我觉得自己的努力和信念能够弥补我先天不足的组织能力。

所以,我装作自己完全没有问题的样子,就如同我刚去工作时一样。我套上了博尔德人道协会扩展协调员的制服,声称这身衣服很适合我,并且说服了我的上级。这身衣服让我的才能很好地发挥了出来。

表演本就是我的兴趣所在,只要与表演有关的事情,我都能拿捏得恰到好处。从小学教室到某个组织的会议室,我总能把话说得上天入地,向公众详细介绍动物福利、卵巢切除与阉割、我们保护动物的职责、人道协会的使命。我在舞台上与观众产生共鸣的能力使我与孩子、公司职员、媒体、其他任何人的沟通都很顺利。我知道我的目标群体能够理解到哪个程度、能够容忍到哪个程度,在我脑子里这一切都很清晰。我尽自己最大的努力在不同的场合尽可能地宣传我想传播的理念,却又没有激起任何反对。我用一种他们从未听过、感受过的巧妙方式将我的想法传递给了他们。

但我的思维始终不是条理性的,而是创意迸发型的。如果身边人能帮我厘清思路,对我而言是最好的。但很多时候身边是没有这样的帮手，点子常常悄悄溜走。所以，我总是做不好需要长期专注与计划的事情。我能构思出一个20分钟的演讲，但真正演讲时就是另一回事了。只要注意力有一丁点分散，我就会忘情地投入到无关紧要的事情里面。我要感谢管理人员们，因为他们一直与我同在。他们安排了专业的组织者，为我雇了助理，给我时间去实现目标，只在不得已的时候才给我些压力。

在担任社区扩展主管的期间，和猫在一起的时光才是我最自在的时光。接下来，我便迈出了关键的一步。

那是6月的一个凌晨2点，我和往常一样在截止日期快到前奋力工作。我一边冒冷汗一边喝着咖啡，我知道，要想保住自己的工作，就得在干扰最小的时候多做一点。科罗拉多东部干燥无比，好似永远不会改变，天气已经越来越严酷了。突然，打到屋顶上的雨水吓到了我，因为收容所位于洪泛平原的中心位置，如果雨下得太大，情况就很危险。这时作报告的灵感已经搁浅了，我完全靠意志力在坚持着，现在每耽搁一分钟，我都会少睡半小时，导致第二天不得不吃药才能打起精神工作。

更糟糕的是周围的噪音，我们这个楼里的回声让人不堪其扰——特别是这种雷雨交加的夜晚，我随便走两步就能听到某个区域里动物的绝望呼喊；去上个厕所，我就能听见关狗的地方传来的吠声；去拿杯苏打水，就能听见来自领养区的狗叫；到打印机前印个文件，耳朵里就全是猫领养区传来的声音；哪怕就坐在桌子边，看着天花板角落里越来越大的水渍，关猫的地方还是会传来让我不堪折磨的声音，而这时的我本就因为喝太多咖啡及睡眠不足而萎靡不振。

它们在集体尖叫。

在这种极度焦虑的时刻，我理解了为什么有些父母在忍受小宝宝的噪音时要先数到10让自己平复心情。收容所里有几只猫刚生了小猫咪，而另一个收容所在繁殖季节有些招架不住，让我们从他们那儿收了一些猫，再加上我们这里大量的流浪猫和某些养猫人强行塞给我们的猫，这里的猫数量惊人。

所有猫都在叫，雨和气压的变化让它们心浮气躁。天气越糟糕，猫就越烦躁，因为它们必须要通过声音来释放焦虑。这时我能感到自己的血压急剧升高，耳鸣比平时还要严重（因为乐队表演的声音震耳欲聋，我很早以前就有耳鸣了）。恼怒又无可奈何的我一头倒在桌子上，但很快我便起身，脑袋里闪出一个计划。

我最早的"远距离导师"之一安妮特拉·弗雷泽（Anitra Frazier）来自我的家乡纽约。在努力学习知识的那段时间，我很害羞，缺乏自信去联系业内一些已经成名的人物。所以我就大量阅读他们写的书，在脑袋里想象与那些想法相近的人对话。安妮特拉在我看来是最了不起的一位猫专家。在我还小的时候，她就在我住的那片街区骑着自行车到处帮助有问题要咨询的人。她有各种不同的方法，而且不惧怕将行为领域的技术与自己的共情本能相结合，她对自己的直觉有强大的自信。

安妮特拉提出的一个概念就是"猫，我爱你"（Cat, I Love You）。在《猫的天性》（*The Natural Cat*）一书中，她提到自己在曼哈顿的街上散步时，会望着落地窗里躺卧的猫，脑子里想着"我爱你"，冲它们慢慢地眨个眼。

我第一次读到这个地方的时候，就赶紧对薇罗莉亚（Velouria）试了试。当时有5只猫和我住在一起，薇罗莉亚是其中一只。这个方法很奏效，就如同安妮特拉所说，薇罗莉亚也冲我眨眼,而且马上就放松下来了。

这个方法本身很重要,我自己在其基础上所做出的演变也很重要。我们人类的本性中就有与猫沟通的本能。猫也正是为了与人沟通,才会努力发出各种各样的声音。大多数时候,猫相互之间是不会喵喵叫的。它们发出叫声,就是为了与人互动。所以可以说,猫为了与人沟通费了很大劲,我们人类也需要去倾听,有时还需要站在猫的交流角度去思考。

作为一个研究猫的行为的新手,我觉得"猫,我爱你"这一方法简直是猫界的罗塞达石碑①。此时在收容所的我筋疲力尽、神经紧绷。这一晚估计我也不用睡了,桌子上全是我头上的汗水,报告可能也没法完成了。但我要是不让猫安定下来,情况也好不到哪里去,所以我还不如试验试验自己的设想。

我走向关猫的地方。突然一声霹雳把我吓回到房间里面。雷和人的同时出现把猫吓得不轻,它们的叫声越发凄厉。我把灯打开了,可我打开之后才意识到这绝对是个错误,因为这附近是没窗户的,猫看见光就会以为天亮了、是时候吃饭了。于

---

① 刻有古埃及国王托勒密五世登基的诏书。

是整个躁动级别又往上提了一档。

我数了数这里总共45只猫。这个房间是个小小的方形，差不多长宽各4米，但靠墙的一圈不锈钢罐笼让这个地方看起来更加逼仄。我决定还是不要把自己困在房间角落里，但我不希望冒险从一只安静下来的猫的旁边经过。所以我从最靠近狗区的一边开始。这实在太刺激了。狗能够通过老旧的旋转门闻到我的味道，吠声此起彼伏。此时的情况就像在一个布满捕鼠器的房间里摸索。我先往右前方走，然后左转，再顺着走，再右转。这是我短暂的专注力所面临过的最大挑战。当整个森林都在咆哮的时候，人要怎样才能把注意力单单放在一棵树上？

我深吸了一口气，往前迈出了一步。首先是一只毛很短的猫出现在我面前。我慢慢睁开眼睛——"我"，接着又闭上眼——"爱"，然后再睁眼——"你"。

但什么都没改变。

"猫，我爱你"

安妮特拉的这个方法不仅适用于猫的行为研究者，读者可以自己试一试。首先，看着自己的猫。眼神柔和一些，不要让猫感到有任何对立的气氛。有一点很重要：柔和的眼神不是死盯着看。接着轻轻地眨眼，无声地表达"我爱你"，就像下面所说的这样：

- 睁眼——"我"
- 轻轻闭上眼——"爱"
- 再轻轻睁眼——"你"

只要真正放松下来，专注于目标并且老老实实去做，猫就会回应你。首先它会眨眼，接着会放松一些，放下一些警惕。

"我"

"爱"

"你"

猫仍然在叫。

我深吸一口气。鼓起勇气，充满爱心地再次开始。

"我"

"爱"

"你"

可恶，我只想让它平静下来，但它就是感觉不到。不管它愿不愿意，我一定要治愈它！等等，这样好像有点背道而驰了。

"我"

"爱"

"你"

再次暂停，呼吸。再来一次，相信自己的话。然后我想到，它是只猫，但它也是一个观众。现在我得有说服力，让它听见我内心的声音。

"我"

"爱"

"你"

有点效果了。虽然它没有向我眨眼，但它的恐惧减少了，它的眼里开始有了一丝放松，瞳孔也缩小了一些。

"我"

"爱"

"你"

终于获得回报了。整个过程不像是我交了一个朋友，倒像是帮助朋友消灭了一个敌人。它慢慢地冲我眨了眨眼，终于不再急着离开这里。我的眼睛为它带来了安全感，使它的本能反应得到了重置。

"我"

"爱"

"你"

现在轻松些了。我和这只猫终于达成了默契。我很想伸手去摸摸它，升华我们的友谊，但我还是克服了这个冲动，毕竟还有任务没有完成：解决了1只，还有44只。

这时我突然回忆起不久前在科罗拉多的某天清晨，我在那辆破破烂烂的厢式货车里灵感突现，写下一首会让家人都感到骄傲的作品。那一刻，时间的流逝都变慢了，一切都水到渠成。迸发的灵感好似不会腐烂的果实从树上结出果来。此时与彼时的区别便是，现在我处理的不是旋律、节奏、故事和副歌，而是一种全新的语言。我发现了新的沟通桥梁。雨仍在下着，我要让这里的猫知道，它们可以信任我，我不会离开，一切都会好起来。我希望它们能够看到我临危不惧的神色，并将这种镇定回馈给我。

那晚一点也不安宁，时而平静时而折磨，但我自始至终只有一个信念：我要让屋子里的猫都不再焦虑，我要向它们诉说

"我爱你",我要将平静传达给它们。我一度浑身是汗,脱得只剩条内裤,因为我不想第二天穿着湿透的衣服工作。我很喜欢这样和猫单独相处,这让我感到很舒心、很自在。我用无声的语言跟一只又一只猫交流,有年纪大的猫,也有小猫,有尚未生育的猫,也有生了崽的猫。我和每一只都进行了单独的互动。每当我踌躇满志地以为自己已经得心应手的时候,下一只猫又会把我打回原形。然后我只能拾起谦卑的心情继续应付。

已经忙活了多久了?我不知道。我只感到整个房间好像一瞬间就安静了下来。我靠着墙壁慢慢滑到地上,身上所有力气已经用尽了。我沉浸在新的宁静中。看到窗外太阳已经升起,我知道我已经花了好几个小时。有一瞬间,我望向那45只安安静静坐着的猫时,它们好似有些迷惑,不知我是如何掌握了这一新的语言和沟通技能的,而我自己也尚未完全回过神来。

几个小时后,收容所的工作人员已经来了,喂食和清洗即将开始,我也恢复了一些能量和专注度,开始继续写我的报告。周围的一切都在快速运转着,但我找到了冥想中的那种"慢"。在与猫相处的时候,这种慢是非常宝贵的。猫在看鸟的时候就会进入一种全神贯注的状态,彻底沉浸到眼前的世界中去。但它们同时也是在安静地保存着能量。

那晚我见识到了猫最烦躁的样子,也帮助它们回归到最自信、最安静的自然状态。对我来说,那次经历最宝贵的是,我知道自信的猫是什么样子的了。哪怕在笼子里、没有任何自己的领地、没有家,猫也是能散发出自信的。那次互动不仅帮助了我,也帮助它们自己找到了属于猫的自信,我如今把这种自信称为"魔力猫"(Cat Mojo)。许多猫都需要这种自信,才能回到正确的方向,才能在收容所保护好自己,更快找到新家。

能享受到决定性的时刻是幸运的。但对我来说,这样的时刻总伴随着恐惧和疑虑。在这种时刻,我总会想:"这可不在我的计划之内。"我自认为是个身体力行、有责任心的人。我嘴里说着:"可恶……"猫的亲吻却让我感到舒心,给我熟悉的感觉,或许是因为上辈子体验过吧。我心里还是抗拒着:"别去靠近它们……"但我还是情不自禁地闭上了眼睛,爱上了猫这种生物。决定性的时刻是幸福的,但固执的人无法体会。如果有谁像我一样,认为人生会完全按照自己的计划展开,那所谓决定性的时刻只会使其措手不及。

不管怎么说,上苍待我不薄,让我既享受到自己的幸运,又享受到计划被全盘打乱的感觉。每次谈起45个吻的故事,我都会好好回味那段经历。写下这些东西的时候是凌晨3点,我又有了不同的感受。如今已经过去15年了,我走过了一段坎坷的路。不管那些猫现在在哪里,最终结局如何(如果它们能活到现在的话,年纪都不小了),它们都给了我宝贵的人生财富。

感谢上天,因为我之后的人生需要这段宝贵的经历。

无处不在

"领养是世界上最值得做的事情之一。"每个月,斯蒂芬妮(Stephanie)在新人指导会上都会对100多名志愿者如此说到。收容所工作人员努力调动着志愿者的积极性,让他们更好地融入收容所的工作和对动物的照料中去。斯蒂芬妮是我们领养中心的协调员,她在收容所工作的3年经历让我非常尊敬她,因为她对工作很上心。她明白,越来越多的热心领养者能帮助我们实现最终目标——减少安乐死。除此目标之外的其他事情,她都不去过多浪费时间。

协调员们在1个小时里会一个接一个地进行讲话,我排在斯蒂芬妮后面,很快就轮到我讲述社区扩展。我反复练习笑容,但目光还是呆滞无比。我走进房间,斯蒂芬妮仍在讲话,气氛很热烈。

"我们不是那种只说不做的人,这里的每一个工作人员都有领养动物,否则我们是不会劝你们领养的。"这时,我看到天花板上挂着几只铅笔,还画着劝孩子读经典图书的卡通图(这次指导会的场所是从公共图书馆租来的)。"收容所的主管布里奇特(Bridgette)就收养了动物;你们刚才也见过我们的志愿者协调员莎拉(Sarah)了,她也收养了动物;还有我们的扩展协调员杰克森,他也……"

不不不不不不不不不!

"他也……"

我眼睛瞪得圆圆地盯着她。

"呃……你有领养过动物吗?"

我支支吾吾的,希望她能把我的手足无措理解为:"我当然领养过动物,你不记得那窝小动物了吗?而且上个月有天晚上我只睡了不到1个小时,你也忘了吗?"

"杰克森,说真的,你到底领养过没有?"

我的秃头急得紫红紫红的。

"嗯……我想了想,好像没有,我没有领养过动物。"

斯蒂芬妮直截了当地说:"好吧,那我们下来再说这个问题,行吧,杰克森?"

"下来……呃……对。当然啦,好。"我努力微笑着,一颗豆大的汗珠流进了眼睛。

我不想领养。因为我没时间,我现在的生活还不容许我接纳其他动物。我想一心一意实施自己的计划,搞自己的乐队,做自己的音乐,达到我的目的。应付其他事情只会让我的计划更加不顺。

我能感到内心有个气急败坏的小孩在跺着脚,大喊:"我不想!我不想!"此时我正和自己的利己主义对峙着。

领养一只动物会扰乱我的生活安排,这是显而易见的。收容所的工作,我做得很投入,但下班以后,我需要时间放松自己、和乐队排练,最好睡前再喝个小酒,然后睡觉。我只对自己负责,一人吃饱、全家不饿。我自己本来养了猫,但照顾它们早就是我生活中的常规内容了,所以并不会给我带来什么麻烦。但要领养一只动物,就意味着我要花额外的精力去照料一个生命,这是需要耗费很大精力的,也是我不太情愿的。每天除了工作时间外,我觉得自己确实有很多事情要做,但现在在大家眼里,我就像是个胡说八道的自恋狂。

像这样被当作自恋狂，我简直无处遁形。但也正是这样，人才会被逼着去改变。当斯蒂芬妮让我无地自容的时候，恐惧与疑虑再次席卷而来，但我还是决定拥抱这个时刻，迎接挑战。

这个挑战来得比我预想得快很多。

在第二天开门之前的职工会议上，透过百叶窗上的板条（板条是被我们的猫"屁股蛋"掰开的，它这么做是为了隐藏自己肥胖的身躯，远远地躲在这里看鸟和小孩），我看见一个女人走下车，手里拿着我们这里装猫的硬纸板盒子，急匆匆地走到前门，放下盒子就往回走。她往回走时还紧张地向后张望，像一个按门铃搞恶作剧的小孩。在她回到车上之前，我出去叫住了她。

她说："我不能养它。"我接着问了问这只猫的事情，她看起来有点害怕。她可能以为我是想让她感到愧疚（我没有）或者向她要钱（这倒是真的）。她的应对策略是说话超快，不让我插嘴。"我一年前领养了它，那时它是只小猫，名字叫奥姆尼（Omni）。昨天它被车撞了，兽医说它的盆骨撞坏了，我实在没钱再……"

"但是……"

"……付那些账单了。我还是个学生呢！天啊，而且它不怎么喜欢出门。我希望它是一只喜欢户外活动的猫,我觉得猫嘛……"

"你怎么不……"

"……就应该自由自在、活泼,你不觉得是这样吗?动物就不该在户内待着,而且这只猫一直和我没什么感情。这都一年了,它还是……"

"好吧,我们可以……"

"……不和我亲近,也不玩。我觉得它根本不喜欢我。如果它不喜欢我,我也不喜欢它,我觉得就这样吧。"然后她出乎意料地暂停了一下,又接着说:"我不喜欢它。"

好吧,那这就没什么好说的了。

1小时后,她签完了表格就离开了(回想起来,我还挺感谢她的)。然后我开车带猫去了镇上另一边的动物诊所。在等红绿灯的时候我心想,我还不知道这猫长什么样呢。于是我打开盒子盖看了看,它把头伸了一点出来,看起来也不会跑出来的样子。它的脸上写满痛苦,但总体上还是保持着猫的淡定。

我发现它鼻子上有个可爱的小灰点,逗得我直笑。我一和它眼神接触就注意到它的疑心。猫的捕食反应是非常强烈的,它们的处世哲学是"信任可以,但要先小心确认"。

面对刚来到收容所的新成员——不管是流浪动物还是新生宝宝,我都要成为它们的大使。我当然是它们的朋友,可在刚接触时,我来自一个它们既不了解也不信任的世界。我得带着友好的信号与它们接触、交流。

我先慢慢眨眼,"猫,我爱你"这招能让它感受到我不那么警惕。我就像一个被派到别国的大使,用对方的母语向其问好。这场面像极了电影《第三类接触》(*Close Encounters of the Third Kind*)里的经典场景。当外星人听到那熟悉的5个音符组成的旋律时,他们即使不会立马产生信任,也很难不去倾听。

突然后面的车开始按喇叭,我才发现前面已经是绿灯了。开车的时候,我仍在想着这只猫。这只猫显然没有被认真对待过,没有人去守护它。我想保护它,我让它闻闻我身上的气味,把我的眼镜脚拿给它玩。这样做是比较理智的,因为我们还没有熟到肢体接触的地步。我给了它人类世界的礼物——我自己的气味。它再次给出了正面的回应,用脸蹭我的眼镜闻味道,还递给我一个雪花玻璃球。

现在与它进行接触的"绿灯"已经亮起来了,我可以进入最后的步骤了:正式握手。我把手指放在它的两眼之间上方

3~4厘米的地方，等它把我的手指扒拉到它自己的耳朵上。触碰转变成了爱抚，我生平第一次感到一只猫舒了口气。它不是用身体、嘴巴、肺呼的气，而是一种精神上的放松，通过全身体现了出来，而且我感觉到了。眨眼、递眼镜、摸额头这三种技巧，我都分别使用过，但直到这时，我才把三种技巧融合在一起，我想以一种不带威胁的方式介绍自己。三种技巧合在一起形成了"猫式三步握手法"。于是我体验到了领养的滋味，而且还掌握了"三步握手法"。

但它的名字太怪了，我得给它改一个。我看着它心里想：奥姆尼？拜托。谁取这种名字啊？这名字和它一点都不搭。它和一个弱智一起相处了这么久，我真为它感到难过。它给了我一个默契的眼神。那一瞬间，它让我想起了一个老朋友、一位杰出的作曲家本·魏瑟尔（Ben Weisser）。大多数时候他都以一种既困惑又难以适应的状态生活着。我脑子里出现了他的模样，他正一边用随身听听滚石，一边在我的餐厅里创作交响曲。为了表达我对他的敬意，我决定给这只猫取名本尼（Benny）。我开始想象和本尼一起生活的样子，我要先教会它欣赏滚石乐队的《街上的流亡者》(*Exile on Main Street*)。如果有其他人要领养它，我会把唱片一并送给他们。虽然这样看起来很傻，但我才不会管那么多。

这样无边无际的幻想持续了大约半小时。

到了医院照完片后,兽医指着 X 光片说:"它的盆骨损坏很严重。很有可能伤到了神经,它的左后腿完全没有反应,所以可能要截肢。"

刚养猫?试试三步握手法

- 使用上一章提到的"猫,我爱你"方法中的慢眨眼技巧,首先打破语言障碍。

- 有眼镜吧?把眼睛取下来拿到猫面前,但只把眼镜脚的末端一点点露出来。物件不像人的手那么有威胁性,而且这个一直放在耳朵后面的部分带有人身上的独特气味。让猫嗅一嗅,如果它愿意用脸去碰就更好。没有眼镜的话,拿支笔也可以。

- 拿手指给猫闻,就像上面说的眼镜和笔那样。再把它闻过的手指放到它两眼之间上面一点的地方。让猫自己用头去碰、顶。接下来再把手指缓缓从猫的鼻子上挪到的猫耳朵上。这是个相互表态的动作,就像握手或者拥抱一样。这时候,猫已经认识你了。

"呃……好。"我一副完全接受事实的样子。我只是不希望它因为过于痛苦,或者我无力支付治疗费用,而不得不接受安乐死。我轻轻地摸了它一下,因为医院的工作人员专业又冰凉的手已经在它的身体上摸索了许久,我想给它点温暖。"那么我能……做点什么呢?"我深吸一口气,祈求不要听到任何关于安乐死的话……

"现在在家里拿个大点的箱子让它待着就行了,盆骨会慢慢恢复的。过6周再带它过来,除非出现什么奇迹,不然我们会把它的腿截掉。"

"不用做康复吗?"我问道,"什么都不用做吗?"

"要尽量保持不动,这就是最好的康复,要让受伤的地方好起来。"

"不是这样的,我特别爱猫,而且……"

雷切尔(Rachel)医生无力地笑了笑。她早就是个动物保护主义者了,而且人很棒,教了我很多关于猫的知识。她已经习惯了我的古怪。"很好,爱猫人士。最要紧的就是不要动,它需要时间好起来。"

哪有我这样的爱猫人士呢?好不容易这只猫开始信任我了,我就得让它在盒子里待一个半月,然后带它到医院把腿给锯了。

由于本尼的健康问题,我收养它的第一阶段还比较轻松。如果它要在盒子里待一段时间的话,它就要和家里的其他猫隔绝开了,也不会出现"不打不相识"的混乱局面。我和它之间也不会有那么多的互动,说不定我会渐渐失去领养它的想法。接着我又开始想象和本尼一起生活的样子,然后不出意料地想到一些不切实际、莫名其妙的地方去了。

我的室友凯特(Kate)是我们乐队的鼓手,也是我最好的朋友之一。她知道我最近迷上了猫。她比我聪明,而且也注意到家里来了新成员。我们本来就有些争执,我那只15斤重的猫拉比(Rabbi),天天追着凯特的猫萨曼莎(Samantha)和玛吉(Maggie)跑,凯特只能用沙发垫把她的日式床垫四周围了起来,免得半夜猫打架影响她睡觉。

而我的另一只猫薇罗莉亚和拉比完全相反,它最重的时候也就5斤多。这两只猫简直就是"阴"和"阳"的绝佳体现:一个是终极捕食者,一个是温顺的猎物。拉比身材高大,到哪儿都存在感过强,跑起来有些吃力,就像只犀牛;而薇罗莉亚简直就是只待宰的羔羊,但它瘦小的身躯跑起来速度奇快,弹跳力惊人(我领养它之后的好几周,我都以为它是一只几个月大的缅因猫，结果当时它已经3岁了）。薇罗莉亚是拉比最喜欢的玩具，但薇罗莉亚很讨厌被拉比捉弄。我能理解凯特的担忧，拉比、萨曼莎、玛吉和薇罗莉亚已经让家里够混乱了，现在又要加入一只完全陌生的猫。

结果第一个月竟然风平浪静，这有点让人吃惊。本尼对任何人、任何事、任何东西都没有兴趣。现在回想起来，我也明白了一些，它的冷漠是它根据新环境被迫做出的调整。而且因为头几周吃了各种各样的药，它站、走、如厕都会很不舒服。其他猫时不时就会围着它的盒子转圈，都像在嘲弄本尼似的，它们似乎在说："嘿，新来的！你怎么不出来玩啊！"

1个月之后，本尼终于能出来玩了，但它因为身体问题还是有些小心翼翼。但我发现有件事情很有意思，甚至有些好笑。它走进客厅后总会先左顾右盼，再看看自己，正儿八经地检查自己的身体——看看爪子、尾巴，它的担忧简直暴露无遗。它就像个工作了10小时的公交车司机，回到家坐在懒人沙发吃东西时睡着了，手里还拿着叉子。醒来后发现自己仍蜷在沙发上，然后起身从客厅走出来，甩了甩头，想甩掉刚做的噩梦，突然发现："……猫？我居然是只猫？"接着弹了弹尾巴往上跳，但很明显它还没能适应长着四只脚和爪子的身体，所以跳不起来。

它检查了自己的新身体，从一个前所未有的角度环顾房间。然后它想照镜子看看究竟自己变成什么样了，但只有卫生间的洗手池上面有镜子。左后腿仍然有些跛躃，它没法跳到洗手池上。它拖着那条腿时不时向后翻，好像想把那只不方便的腿赶走一样。一会儿，它又开始好好地梳着那条腿上的毛，似乎把腿伺候好了，腿就不会给它找麻烦似的。我已经不记得有多少次，刚把眼睛望向别的地方，一扭头回来，它的腿就已经被卡在藤椅的藤条间了。它一大叫，我们便得马上去把那条被卡的腿弄出来，看到它那副惨状，我心里总会想："腿为什么可以扭成这个样子……"

过了几周，很明显它的腿是保不住了。这其实也没什么，我知道很多"三脚架"过得也挺好。但凯特的看法和我不同，她态度激烈，不知道的人还以为是要拿掉她本人的腿。我对她说："好吧，咱们就先说好。我们定个手术的时间，如果你能在那之前让它康复，而且它不再被椅子上的藤条、地毯或者其他什么东西绊住脚，我们就不去做手术了。"这个所谓的协定只是个形式而已，凯特对康复的了解不比我对锯腿的认识高明到哪儿去。而且我们还不知道它的神经是不是被伤到了。

我把手术时间定到1个月后。凯特还是固执地让本尼做静力锻炼。她让它侧躺,再把它的腿轻轻地往盆骨方向推,再让其放松,再推,再放松,再推……她就这样做了3周,但本尼还是一点反应都没有。我很担心本尼做得不耐烦时可能会咬她一口。

凯特一再坚持,我只好把手术时间再往后推了一点。她是个很能坚持的人。最终,6周以后,收容所那边打了招呼,让我们赶紧给它截肢,好进入到下一阶段,也就是帮本尼学会与周围的生物相处,并适应一个残缺的身体,要不然我们就得赶紧把它放到领养区去。

但凯特还是倔强地给本尼推腿、放松。早饭时,她会给它做一遍,乐队排练之前也会给它做一遍,但仍然没有什么变化。到了后面,我都开始为凯特觉得难过了。直到有一天晚上,我们看电视的时候,终于有了惊喜。

"快看,杰克森!杰克森!杰克森!快看啊!"

我没看,敷衍了一句:"真厉害。"她的头发挡住了电视,整得我很烦。

"不是,你快看啊!"

"我在看。"

"快快快。"她硬生生把我从沙发上拖下来，等我反应过来，我看到她正把本尼的腿往盆骨方向推——本尼的腿竟然在往回用力。

我被惊到了，一下子就清醒过来。我说："天啊，你再做一次。"她照做了。这次本尼的反抗力气更大。"我来试试！"她起身让我，然后本尼咬了我。我早该料到。

我还记得雷切尔医生说的"没有反应"和"神经损害"。我在心里大叫着"干得漂亮，凯特"。我没想到自己会因为本尼这条腿被保住而感到这么高兴，到时候在医生面前你也要这么表现！

一天天过去，面对凯特的推动，本尼的腿反抗的力气越来越大。虽然不得不承认自己之前的判断是错的，但意识到能保住本尼的腿之后，我也积极地参与到康复中。

能正常用腿和康复的时候腿能用力是两码事，而这时距离看医生的时间也越来越近了。

为本尼安排的手术时间是周三早上。周二晚上11点，我们还在做晚间康复，这可以说是最后的机会了。本尼好像意识到自己可能要被截肢了似的，它那副样子好像在说："你说啥？真要截？"它跳起来在房子里到处跑，跑到架子上、桌子底下、床底下。"截肢？开什么玩笑呢！快看！康复起效了！我还能动指头！还可以抓虫子！爬架子！爬椅子！看好了你们！人类啊，你们有在认真看吗？看着，我马上跑到你面前咬你的脚踝，然后再跑开，你根本抓不住我！截肢？还是算了吧，你……你这混蛋！我还以为你罩着我呢！"

尽管它还是看起来一副傻乎乎的样子。这时候夜已经深了，我要等到早上再给雷切尔医生打个电话取消预约。现在我真得祈求上天保住它的那条腿了。看着战胜命运的本尼，我心里的一些东西发生了变化，我知道不管它是3只脚还是4只脚，我都要养它。

本尼不再是一只我暂时照料的猫了，它正式成为了我的家庭成员之一。

凯特却极力反对本尼留下，说实话这让我有点吃惊。她费了这么大力气帮本尼康复，却还是希望它去领养区等待一个合适的家庭。现在我既要和雷切尔医生讨价还价尽量保住本尼的腿，还要说服凯特。凯特没有想过，或许我就是照顾本尼的合适人选。每当有人来收容所领养动物的时候，我们都会告诉他们，不要被眼前这么多动物吓到了，谁都不可能全部带回去。

而且从某种意义上来说，并不是人在选动物，而是动物来选人。对本尼来说也是如此，看到躲过截肢的本尼在房间里跑来跑去，我感到它选择了我。为了让本尼留下，我又是请求又是力争，连哄带骗、玩心计、说谎——能使上的招全使了，终于说服了凯特。本尼慢慢地（非常慢）适应了这个新家，它的生活好像终于平稳下来了。它在短短的岁月里经历了太多波折，现在在我这里一切都相对稳定，也算是一个天堂般的地方了吧。

这样的情况持续没太久，我们的租约到期了，这里的房租涨了，而且我们想存点钱来录张像样的专辑。所以我们为了省钱，奢求能找到一个地方既可以住，又可以排练，还不会太扰民。同时我们也不能赖着不走，只好先到凯特的男朋友杰里米（Jeremy）家将就一段时间。

他住在一个维多利亚时期的房子里，总面积挺大，但总觉得有些让人放不开手脚——可能那个时期的人都不太爱在家里活动吧。杰里米和凯特住在主卧，杰里米的另一个朋友住在一个卧室里，我们乐队的键盘手贝丝（Beth）住另一个卧室。我住在第四间，但怎么说呢，那屋子更像是个维多利亚时期的储藏室。除了和我们一起来的5只猫（拉比、本尼、薇罗莉亚、萨曼莎、玛吉），杰里米本来也有只猫特拉帕（Trapper），他的朋友养了只狗。这屋里还有只特吵的鸟，但谁都说不是自己养的。

一开始动物们都相安无事，不管是四只脚的还是两只脚的，都相处得很和谐。拉比是个专门进行调解的慈祥长官，四处巡视保证大家和平相处，所有动物（包括本尼）都遵守着它定下的规矩。薇罗莉亚、萨曼莎、玛吉早就了解拉比的牛脾气了。它们明白，直接服从是最轻松、最明智的。本尼则更像是一个仍置身事外、偷偷观察的新人。

但这样的和平没有持续太久。

有一天晚上，我们5人坐在沙发上看电视。本尼就待在电视柜下面，看着我们看电视。这时拉比从本尼面前走过。这种"狭路相逢勇者胜"的剧情往往有相同的发展，两只猫在接近时互不相让，互相闻闻对方身上的气味并怒目而视，直到其中一方眨眼、叫、出拳，打破胆小鬼的僵局。这时候的本尼反应很淡定，没有任何反常的肢体语言。

然后它很突然地像蛇一样出击了。

上一秒它们还是两只冷静的猫，解读着对方的步态、眼神和尾巴，下一秒就开始在地板上疯狂对打、相互抓挠，叫声堪比一群被鬼怪吓到的小朋友。

接着又突然地安静了下来，这时我产生了一种错觉，以为自己还能即时干预制止。

然后战斗马上又爆发了，两只猫就像弹球机的弹球一样愤怒地冲向对方，一路打到前门，一通上蹿下跳又打了回来。它们抱在一起翻滚得越来越快、抓得越来越狠、叫得越来越大声，撞到后门然后又跳开。进入走廊后，它们的战斗动作既可怕又好笑，这简直是我见过时长最久的肉搏。它俩突然又停了下来，拉比做了一件它从没做过的事情——转过身跑掉了。

如何让猫少制造些麻烦

和人一起住的时间长了之后，猫和其他动物的行为都会渐渐适应身边的人。猫在精力旺盛时，攻击性往往会表现出来，精力旺盛的时刻分别为：你起床准备开始一天的学习或工作时；你准备回家吃饭时；你结束工作准备睡觉时。

知道猫的攻击性高峰有助于避免对猫的刺激。如果在高峰期之前先和猫玩10分钟，让它们以适当的方式消耗能量，猫就不会制造太多麻烦。

这时我急了，变成了一个急着保护孩子的妈妈。我说着："本尼，你不能这样，真是只坏猫。拉比，拉比，你在哪儿？

天啊,你在桌子底下吗?那是血吗?本尼你怎么能打这么狠。天啊拉比,快过来,过来吧过来,你不用躲到沙发后面去。凯特,去沙发后面看看,杰里米,你还坐着干嘛,快来帮把手啊!快,凯特,帮我把沙发挪开。好了拉比,我在这儿呢。杰里米,你能帮我抓着本尼吗?轻一点,把它放到卫生间里去,把灯关上。天啊拉比,谢天谢地你没事。我会解决这件事的,你受伤了吗?呀,对不起,我不是故意抱你这么紧的。本尼你个小兔崽子!拉比原谅我吧。本尼……你个小混蛋!天啊拉比,你真的没事吧?"

拉比第一次出现在我家门口的时候(有一天我打开门发现一只4周大的小猫出现在我门口,那就是拉比),无知的我把它放在客厅里,当时客厅里还有另外4只猫(我本该把它放到一个安全的地方,缓解它在新环境里的压力并帮助它熟悉这块领地的气味)。惊慌不已的拉比跑到窗台上,待了整整4个小时,坐得端端正正,小心翼翼地观察着身边4条腿和2条腿的巨大身躯在它身边不断移动着。直到实在待不住了,它才在窗台上睡着并摔了下来,脸着地,不过幸好客厅铺了地毯。

我和它共处7年了,在2个州待过,搬过8次家,这期间我再没见它被吓到过。它是只大猫，将近15斤重。它是稳定秩序的守护者，这对猫的和平共处来说很重要，尤其是在一个成员众多的环境里。

 家里来了新猫？先建个安全基地！

有人说猫和猫初次见面时，就让它们自己相互认识。这真是大错特错，在猫与猫相遇时，你需要：

- **创造一个安全基地**。新来的猫需要在新的领地里感到安全。先为其开辟一小块领地，让它能有一些属于自己的东西，也要让它熟悉你和其他猫的味道。
- **通过正向关联来进行介绍**。饭点就是个绝佳时间——让它们以气味相识，隔着一道关起的门各吃各的饭。在吃饭的时候渐渐按它们的节奏引导它们进行眼神交流。不可以把自己的节奏强加给猫！
- **尝试场地交换**。让所有的猫都知道，所有东西和地方都是属于大家的。但过程要循序渐进，在一天的不同时候逐步完成这项任务。
- **时机很重要**。通过直觉判断什么时候把所有猫都放出来是最好的。小挫折是难免的，但混乱是可以避免的。

可看似稳定的氛围在我面前很快就被打破了。而且我自己的过激反应和我教人家的道理完全背道而驰。自此以后我告诉所有人,冷静地旁观很重要。我会让我的客户观察发生的情况,再详细把经过告诉我,然后我再把猫的行为翻译为人类能够理解的东西。情绪的纠缠往往使人和猫都一无所获(而且动物之间糟糕的化学反应也会持续下去)。

它们打架可真会挑时候。当时我们正准备去福克斯剧院进行我们的首次表演,那可是当地最大的场馆。表演结束3天后,我带拉比去见了雷切尔医生。这次肉搏它没受什么伤,只是鼻子被抓了、掉了几撮毛,两只猫打架出现这种情况很正常。但拉比现在失去了它的气势。它在家里逛的时候表现得就像是屋子里最卑贱的生物,小心谨慎地踮着脚沿墙边走。我跟医生说,它完全失去了先前的气质,这肯定是有原因的。我觉得这类似于我在纪录片里看到的情况:在塞伦盖蒂平原上,一只骄傲的雄狮在某个时候变老变胖了,还遭遇了年轻狮子的挑战,并蒙受了羞辱,最后被年轻狮子赶走了。

但拉比才7岁啊。它是有点胖,可一点也不老。

雷切尔医生说:"可能拉比和本尼它们自己比我们更清楚。拉比有糖尿病。"

我说："胡扯。它……它又没有酗酒，体重也没降，胃口也好得很。它会定期清理自己的毛，身上连点皮屑都没有。"

"听着，"她递给我一份分析报告说，"它的血糖水平跟个蜜罐差不多。"

有个道理我当时不懂，但现在懂了：猫与猫之间的规矩已经变了。有健康问题的拉比已经释放出一种信号：它已经不再是维护稳定的最佳使者了。现在猫多了，情况更复杂了，它维持安全和稳定的能力也下降了，在高压环境和领地问题上尤其如此。但接下来几周的转变令人欣喜。拉比给人如释重负的感觉，它的身体更加放松了，它现在经常会享受地躺下观察周围，而不用阴着脸四处巡视。比起在充满压力的岗位上苦苦支撑，力不从心的它更愿意让位于本尼。

可惜拉比的状态一天不如一天了。我们尝试了各种治疗——羊胰岛素、人胰岛素，但它拒绝接受任何治疗。接着它身上开始显现一些本来没有的症状：极度口渴，也就是说它小便过于频繁；周围神经病变（对后腿的控制很弱并逐渐失去了控制，排便很不方便）；体重减轻过快。（当时我不知道还有一个选择，除了胰岛素，我应该把它的食物换成无谷物的。这样说不定还能救它的命。很多年之后我才知道这一点，我有一段时间特别责怪雷切尔医生对猫的营养知识不精通——但我自己更要负起责任,因为这些知识我本可以自己去了解的。)

适合猫的饮食法

　　猫是肉食性动物,生来就有捕猎其他动物的本能。猫并不爱吃谷物、玉米,甚至是鱼,猫爱吃肉。对猫的长期健康来说,高蛋白低碳水的饮食才是最佳的。

　　我尽量让猫吃生食,比如生肉。生肉很好准备,现在有很多小公司专门为动物提供种类丰富的高品质肉类产品。作为肉食动物,猫的消化道又短又直,很适合吃生肉。就算不喂生食,也尽量找一些高质量的无谷物湿粮,什么算高质量的呢?看成分表!

　　有的人会说:"切,我一直就给我的猫喂磨碎的谷物,我的上一只猫活到23岁呢。"当然,这世界上还有烟酒不离身活到112岁的人。这种事情是有的,但为什么要指望这种小概率的事情发生呢?

　　4个月之后,拉比永远地离开了我们。我、本尼、薇罗莉亚和贝丝一起搬到了一个新的地方。在博尔德正式工作的时候,我就认识贝丝了,我们经常一起搞音乐、一起玩。

我在收容所的工作也遇到了挫折。我们想修个新建筑，所以要进行募捐活动。募捐活动进行到最重要的阶段时，我每天早上都要参加一个战略会议，一般在会议开到第15分钟的时候，我就借口去上厕所，然后坐在马桶上睡会儿。作为扩展主管，我负责人道协会的发言。这能在公众眼中为我们赢得不错的印象分，展示我们在社区中的重要性。我虽然擅长表达，但那是在教室或宠物店里，这次不一样，是要写到纸上、拿到电台去或者放到更大的场面去展示。我灵感迸发的时候会临场发挥，但是目前这个任务已经远远超出了我的能力范围。所以他们让我顶上这个位置的时候，我下巴都快掉地上了。

他们如果直接炒了我，事情可能会简单很多。我没能圆满完成任务，但他们还是认可了我的价值。可能是因为我为猫做的事情盖过了我作为管理者犯下的错误。他们让我继续照看猫，继续在宠物领养区工作。于是我基本上就变成了一个处于情绪崩溃边缘的爱猫人士、志愿者、每周开着满载动物的破房车到处转悠的人。

这样的改变很不错。这份工作我做得很棒，而且也从市内的束缚中逃离了出来。而且现在也不仅是把干巴巴的理念传播给大家，而是把真正的动物带到他们面前，简单又直接。每天我和志愿者都会选5~6只猫和1只狗（有时候是兔子）和我们一起出门，去超市、集市、节日的活动现场。我总选那些需要见见人的动物，一般都是那些在收容所待太久的动物，它们往往被关得都有些害怕笼子了，或者关久了之后已经很老了，或者太胖了、太胆小了、太胆大了，总之有些动物已经无法融入家庭了。有时候同事会跟我说："这只可真得出去走走了。"那么我就会带上那只动物。

有一次在超市停车场，我听见一个小孩说："妈妈，妈妈，快来看这些小猫呀！"

"好了乔伊（Joey），但是我们要先去吃午饭，妈妈还得去商店把那台功能不齐的机器退给那家说谎的商店。"过了20分钟，这个女人又面带愁容地出现，带着她那异常兴奋的6岁的儿子站在我们面前。我放下了手里的卡片，向这个孩子介绍我们的猫，这也让这位妈妈有了清静的机会。差不多半小时后，他们带了只猫离开，我和志愿者又开始玩起来。

也许乔伊的妈妈早就觉得该养只猫了，我心里也觉得那只猫或许找到了个好归宿。有时候来我们这里看的人不多，我就会想出一些新的技巧，然后再通过我们的猫或者狗（或者兔子）

试试我的想法是否行得通。我很幸运，能得到这样一份工作，让我有机会学习行为学方面的知识。最后，宠物领养工作完成得特别到位，许多猫都有了新家，我们也得到了拨款，用来设计、打造一辆新的领养工作车。

与此同时，博尔德的摇滚演出界一蹶不振。一些和我们合演过的乐队已经分散到了芝加哥、奥斯汀、西雅图。当地最牛的福克斯剧院搞了一个 DJ 主导的定期活动。这个活动做得很成功，其他俱乐部也纷纷效仿，摇滚乐队的活动遭受重创。我们乐队在经济和人际上都出了些问题——成员之间不断争吵。我接手领养工作一两年后，乐队解散了。

但我还是在猫的世界里一丝不苟地工作着，我对猫的爱已经众所周知。我常常在我们收容所和其他收容所的内部期刊写一些文章，为不同收容所的员工、志愿者、领养者等开办讨论会。后来我们的首席执行官丹妮尔（Danielle）有了个绝妙的点子，她让我去做行为方面的家庭顾问。她觉得下次再有人说："我要把我的猫带到你们那儿去，我再也不想养了。"就可以派我去做顾问。她觉得这样做是值得的，能为我们省点钱，也省几个笼子。

我到了别人家里，顾问工作就开始了，我会先问："怎么了?"

对方焦虑地说:"猫一直往孩子的玩具上撒尿,我的孩子都还不到8岁,这只猫已经10岁了。我觉得它很讨厌他们。我也不想在孩子和猫之间选,但是……"

"别急着这么说行吗?咱们先看看猫砂盆吧。"

"好。"

"再看看玩具吧。"

"好。"

"看到这些玩具在猫砂盆边上围成一圈了吗?而且还发出很大的噪音。它也许讨厌被包围,也不想生活在这种混乱能量之中。"

"真的吗?它不是讨厌我的孩子?"

"当然不是。它是在表达自己现在的这种感觉,它讨厌这个空间,觉得自己受到了攻击。它现在正坚强守卫着自己的最后底线呢。你只要让猫和孩子在不同的地方玩就行了。只要不和他人分享自己那点小空间,它就不会感到威胁,也就不会再这么做了。"

"不可能这么简单。"

"这不是简不简单的问题,这只是试没试过的问题,懂吗?"

其实这就是个简单又基本的问题，只需要一点点同理心，这只猫就不用来收容所受罪。这样的入户走访对我来说是跨出了新的一步。养猫的人应该了解猫的这些基本知识，了解猫看待世界的视角，这些都非常重要。

我75%的走访都是这样结束的，剩下25%的那些人只是想找个理由把猫扔给收容所。在我解决了猫的问题之后，这些人的面部表情反而更难看了（本尼之前的主人的脸上就出现过那种表情），然后慌里慌张、措手不及地提出新的理由。我如果解决了猫在墙上撒尿的问题，他们就会说："我觉得我儿子可能对猫过敏。"要不然就是："我们想生孩子，听说养猫对孩子不好。"我发现他们那点小心思之后，就会马上开始做收容分类。但在发觉他们的本意之前，我都会努力劝告。最后不得不接受现实的时候，也只能努力为猫找个新家。

我还做另一种顾问，就是给那些刚从收容所领养了猫的家庭提供建议，帮助猫留在新家。这是丹妮尔提出的，这样可以减少动物被送回来的概率。被送回来的动物身上会带一个黑色的标记，那代表它如厕有一些问题，或者对孩子或其他动物有不好的影响。带有这些标记的动物往往会在我们收容所或者其他收容所空间不够的时候被实施安乐死。

我们为新建筑筹集到了几百万美元资金，修了个很漂亮的地方，但我的感受很复杂。首先，我们有了一个新的环境。新房子宽敞、卫生，跟其他猫相处不好的猫有了单独的笼子，能好好相处的猫有了共用的大笼子，房间隔音效果更好了。但这里的管理区域和动物区域分得很开。虽然以前那个楼有两层，但两个区域都有办公室。这些年我干了这么多职位，在搬走之前却从来没在二楼工作过。在新楼里，走到楼上的管理区就完全感觉不到动物的存在，没有任何气味。

以前整个楼里都弥漫着动物的气味，一闻到就能让人想起自己干的是什么工作。但在这个地方，如果不去领养区转转，有时候我真会忘了自己的本职工作。我时不时就逼着自己下楼去看看猫。新房子很漂亮，但一点也不像我们这些动物工作者的地盘了。以前的天花板全是眼儿，我们只能拿桶到处接水，以此避免地上积水。我这么说可能有点扯淡，但那种经历反而能够激励人心。这有点像年轻的时候，我们疯狂地爱着一个只有自己和朋友才知道的小众乐队，直到有一天这个乐队和一个大的唱片公司签约了，我们也就不再是他们的乐迷了。

一直以来我们都是一个集体，但这次搬迁之后，这个集体变得像一个公司一样。我个人非常惋惜我们失去的东西。有时人生中越来越"大"的东西反而让我们内心矛盾。我想要大大的成功、大大的喝彩，我想要大舞台实现我的大事业，让我施展我的大动作，但最终迎来的好像是只"大"灰狼，张牙舞爪地向我扑过来。我敏锐地意识到我在收容所的日子可能要结束了。我在冥冥之中得到过一些暗示，也有朋友跟我提建议，认为我可以进入到生命中的下一个阶段了——自己单干。我唯一认识的动物行为研究者有一天跟我说她想关店，只要我准备好了，她就愿意把现在或者以后的客户介绍给我。当时我靠家庭顾问已经能在自己的私人时间里挣得一份不错的收入了。

后来我遇到了珍（Jen）。

支离破碎

第一次看到珍的时候,我正在收容所大厅的玻璃橱窗里应付几只沉默寡言、一直没人领养的猫。但无论我怎么做,它们都看起来很没有自信。我当时在往玻璃上挂纸条帘子,心想先给它们一些隐私,再慢慢让它们接受外部世界。透过纸条,我看见一个女人从前门走进来,到前台和人简短说了两句后,就走向了领养区。

天啊,她真好看。不,她简直就是个超级美女。自从我和之前那个疯疯癫癫的女朋友分手后,我的社交生活就愈发惨淡,我知道自己得再次融入这个社交世界。她走出领养区的时候我迎了上去。

"你要不要带一只我们这里的小动物回家？"（我的开场白总是很糟糕。）

"我还没准备好领养呢。我的猫刚死，我只是想来跟猫凑凑近乎。"

我马上转换成一种哀悼模式。我这时不必再伪装自己，竟感到轻松很多。不知怎的，敞开心扉谈起动物的离去在人心里留下的空洞，竟能让人放松下来。带人走出这种空洞会使人产生一种奇怪的荣誉感。

她告诉我，她不小心在公寓里点燃了很多蜡烛。火越来越大，她发现猫躲在超大号床下，她自己没有力气搬动那张床，也够不到猫。最后火越来越大，她只能带上其他猫从家里跑出来了。

这时我的内心独白开始了："天啊，这真是一场悲剧。这时候就别再想着搭讪了，赶快调整好自己的模式！得了，别再胡思乱想了。她很美，也很难过，但这让她更迷人了。天啊，我怎么还在想这些东西。"

我从不约女人出去。如果在饭点或者酒吧看到美女，我最多就是色眯眯地望着人家，希望人家觉得我是在发出邀请，或者希望激发对方的一点想象。而且我总是奢望对方能自信、开放地接受我的"邀请"。当然这种事情从没发生过。很多男人不厌其烦地向女人展开攻势,最终拿到对方写在纸巾上的电话号码,离开酒吧的时候兴奋地将其拿在手中挥舞。这总让我觉得难以置信,看见这种场面我往往会摇摇头、叹口气说:"如果搭讪就是这样的话,那我还是坐在这里该吃吃该喝喝吧。"

幸运的是,我是一个表演者。除了音乐和戏剧,爱上一个人对我来说也是件自然而然的事。这时我奇迹般地开口问道:"你要不要去喝杯咖啡?"我觉得珍也从我身上感觉到了同样的悲伤和吸引力,以及一种矜持。

我们相遇时是10月。万圣节的时候我去了珍的家里,我们穿着万圣节服装傻傻地坐着等珍的朋友来。谁也没来。最后我们只好关上门独自度过万圣节,可我与珍的关系得到了进一步发展。

有时人一旦陷入了爱情,就会不顾自己脑子里的理智声音,也不会理会人家说自己的女朋友有点"急躁"。但恋爱中的人起码应该看看自己养的动物是什么反应。可是我没这么做。本尼和薇罗莉亚一点也不喜欢珍。她自称是一个爱猫人士，却总是抓着它们胡揉。后来每次她走到它们身边，我都胆战心惊。

有一次薇罗莉亚从她手臂里逃掉，看起来一副大难不死的样子。她马上就说："你看它们多喜欢我啊，真好！"接着她就步步逼向本尼，说着："快来亲我一下。"那时本尼厌恶的模样简直难以形容。本尼最后也跑掉了，跑到远远的地方，望向我。它站在那儿的样子又让我想起了作曲家本·魏瑟尔苦恼又嫌恶的样子。这时，如果我的朋友在这里看热闹，一定会优雅地拿着香烟，一边摇头一边吐槽："这下可好玩了。"

我和珍没有停下恋爱的脚步，本尼的不满一天比一天明显。比如，它开始用嘴咬人，一开始还只是轻轻咬一下，我还能怪声怪气地打圆场说："呀，它可真淘气。"但它马上就升级到咬出血来（这可不是淘气那么简单了）。有时本尼受了刺激就不能控制自己的沮丧胡乱咬人，哪怕是它认识的人、喜欢的人。因此，你可以想象一下它深恶痛绝的珍会遭到什么下场。

有天晚上珍到我这儿来，我和本尼刚闹了点别扭，它很不爽。我们在沙发上坐着的时候，我发觉了第一个危险信号，本尼跑到沙发靠背的位置。我很了解它，而且让猫站到这样一个有主动权的地方绝不是什么好事。它当时采取了一个常见的攻击姿态，悄悄低着头从沙发一侧走过来，然后跳了上来。珍往上看了看它，我意识到事情不对，但还没来得及阻止，珍就开口了："要干什么呀小家伙？"几乎在她开口的同时，我也开始语无伦次地大喊："喂喂喂！"但我俩都还没来得及把话说完，本尼就照着她头上拍了几下，把她的眼镜打了下来，然后还想咬她的头。不到一秒钟的时间里，珍就已经受到了伤害。虽然伤得不是特别严重，但肯定被打得挺疼的。

　　除了肉体上受到的伤害，她应该很震惊本尼居然把她视作一个威胁。她这么爱本尼，本尼却不爱她。在做顾问的时候，我花了更多心思来观察类似的破坏性关系。在这样的关系进一步恶化之前，要指出这一点常常颇费周折。至于发生在我身边的这一例，珍并没有做错什么，而是房间里的紧张情绪逐渐恶化，使本尼变得暴躁、暴力。

> **不要和猫动气**
>
> - **不要揣测猫的心思**：人在心情不好的时候，不要自以为知道自己的猫在想什么。投射是一种防御机制，投射者将不愉快的感受归咎于他人、外物。所以人越是对猫生气，就越倾向于责怪猫，认为猫是讨厌自己才做出这种特定行为。
> - **置身事外**：不要制造或纠结于人与动物的矛盾。冲突发生时，应该抓住机会观察冲突的特点，尽可能把细节记录下来。拥有的信息越多，就越容易搞懂发生了什么，哪怕只是一周也能收获颇丰。

后来仔细思考之后，我琢磨出一件事：以后我必须知道本尼什么时候不太高兴。如果我感到它已经在容忍的边缘了，就必须在它爆发之前让它把负能量释放出来。我既要训练它，也要训练我自己。它让我更理解自己深层次的本性，而我也要通过倾听努力回报它。

对于哪些事情会刺激到它，我需要重新思考。有时候人猫矛盾不仅在于它不喜欢某种抚摸方式，也可能与空间有关——比如，有陌生人来家里或者屋顶上有雨，也可能有的人就是和某只猫难以相处。领地问题会让猫坐立难安。我提前发现它不对劲并成功阻止它暴力发作的次数越来越多，也渐渐发现它在咬牙切齿之前就会向我释放一些信号,只不过以前我一直没有注意。

分散精力

人无法对受了刺激的猫讲道理,也不可能用语言劝解。但人可以消耗猫的能量,使其把精力放到类似玩耍的事情上。比如说,用逗猫棒和激光笔之类的东西分散猫的注意力,消耗其精力。

下面是一些可能过度刺激猫的因素,最好避免:
- 抚摸(多来自不喜欢的人)
- 侵略性
- 负面环境
- 情绪刺激

本尼只在产生厌恶感或者挫败感的时候才会叫,叫声短促且嘶哑(很少张嘴所导致的那种嘶哑),很像人在凌晨4点接电话时那种略带不爽又轻微被惊吓到的声音。它要么就发出声音,要么就张开嘴,也可能二者皆有,每当这时我就知道它要生气了。每次看见它的嘴巴快张开的时候,我就会大声提醒他:"咳咳!"然后它的嘴就会闭上,得到我的表扬。只要它一张嘴，我就绝不会给它任何发作的余地，生怕局面一发不可收拾。可绝不能让它张着嘴靠近人，我花了很长时间才解决了这个问题。

猫在说什么

猫有几百种不同的叫声。下面是其中一些：

- 猫的叫声实际是为了适应人类而发出的声音。因为猫和人类之间是不会用这种叫声交流的。当我们采用类似缓慢眨眼的方式与猫沟通时，喵喵叫就是它们回答的方式。
- 猫发出喉音可能代表猫很开心。但猫生病或伤心的时候也会发出喉音。这种声音是通过喉头以25~125赫兹的频率震动发出的。据说这个区间的频率有治愈功效，也能促进骨骼生长。
- 猫在咆哮或者发出嘶嘶声的时候，这代表猫感觉到了威胁，想保护自己。
- 如果猫在看鸟的时候发出了类似鸟叫的声音，那是它在欺骗自己的猎物。

本尼倒也没有对珍下狠手，可能它隐约知道她对我的生活意义重大。我们认识差不多一周后，有一天我和朋友喝得心满意足后走进房间,看见她正在里面等着我。她站在玻璃拉门后面对我说:"听着,我想告诉你。我以前是个瘾君子,而且还酗酒。"

不会吧……

"我已经15年没碰毒品和酒了。如果我们的感情要继续下去的话,我只有两个要求。第一,你做什么都是你的自由,但不要在我面前碰这两样东西。"

好吧,这也行。

"第二,和我一起去参加一个活动,去了你才能了解我的生活。"当时我并没觉得这有什么,我只觉得我不答应的话,她就不会跟我亲热了,那可不行。所以我答应了。

周五的活动来了几百个人。这个活动上来的是各种各样正在戒毒的人,这些人会说些感谢上帝之类的话,感谢上帝帮助自己不再受毒品所扰。反正他们想怎么说就怎么说,只是为了让自己感觉良好而已。我心里想的是这里完事后我就可以和珍一起回家过二人世界了。

这晚活动的主讲者是德米特里(Dmitri),他是个律师,说话飞快,穿着一身我几个月工资才买得起的西服。搞不好这套西服他今天已经穿了14个小时了,穿着它吃饭、去健身房、上法庭。总之,他看起来还是很精神。他做了个深呼吸,喝了一口水,手肘放在讲台上,脸上挂着微笑,舒了一口气,传递出这样的信息:过去这一周可真累啊,不是吗?有人是这种感觉吗?然后他又挺直了腰板,扯了扯领带,终于开始说话了:"大家好,我是德米特里。我曾经有吸毒和酗酒的历史。"他毫不畏惧地介绍着自己,仿佛有一束聚光灯打到他的身上,他就像站在舞台上的约翰尼·卡什①(Jonny Cash)一样自信。我对他的偏见在那一刻动摇了。卡什、雷·查尔斯(Ray Charles)、迈尔斯·戴维斯(Miles Davis)、史蒂夫·雷·沃恩(Stevie Ray Vaughan)等人(皆为著名音乐人)都有浪子回头的故事。在放弃酒精后仍能继续创作伟大的作品。根据开场看,讲话不会很快结束,我早该想到这一点。

德米特里说了1个小时,但仅仅5分钟我就从他叙述的"平凡"生活中找到了自己的影子。"我的妻子在某一年的圣诞节前两天要和我离婚,我本来不该特别生气的,但送文件的人是

---

① 约翰尼·卡什,美国音乐家、乡村音乐创作歌手、电视音乐节目主持人,创作和弹奏演唱的歌曲包括乡村、摇滚、蓝调、福音、民间、说唱,其多样曲风令人赞赏。

帮我递过文件的小伙！"他哈哈大笑起来，几百人也跟着呵呵乐。"我知道我得把离婚文件签了，但我就是签不下去。圣诞节那天早上8点，她带着孩子去其他地方了，她连孩子在哪儿都不告诉我。就因为那女人，圣诞节我都没法和孩子待在一起。当时我的表情可难看了，在家里喝着酒，恨自己运气背。"

这时没人发出声音，在场的几百人都很熟悉这个故事——这就是他们自己的故事。但所有人都露出同情的表情，好像他的痛苦、傲慢、盲目、堕落没人经历过一样。"她还是打了电话过来，算是最后的仁慈。她骗孩子们说我在'出差'，让孩子们跟我说圣诞快乐。我当时迷迷糊糊的，话都说不清。她接过电话后跟我说得很清楚：'我再也不想见到你这个人，也不想听到你的声音、看你写的信。你能明白我的意思吗？'"

听了他的故事后，我倒没觉得有什么相似之处，因为我没有什么浪子回头的历程。但我竟有些激动。我感到很不舒服。我开始向珍抱怨起场地里的椅子。事实很明显，他走过的路和我走过的路是截然不同的，我们面临的问题也是截然不同的。他是犹太人，而我没有信仰。我知道自己是谁，总之不是他。但也许这些只是我固执的否认，泪水从我的眼里流了出来。

我们继续听着他那有些老套的故事：独子，含着金汤匙出生，成功，工作上非常专业，充满阳刚之气，令人羡慕，家庭美满；再然后情妇无数，麻木，入狱，破产，耻辱，跌入谷底。我们都经历过类似的事情——清醒、喝醉、染上毒品。德米特里经历人生的种种失意后，渐渐学会谦卑，学会帮助他人，不再只看重眼下的需求。突然间我和他之间的不同好像消失了。我感到困惑和疼痛，瘫到椅子上，长呼一口气，好像憋了20分钟没有呼吸一样。

我一点点顺着椅子往下滑，就像放在那张折叠椅上的一个布偶。我想离开这密密麻麻的人群。

尽管我内心还残存着一点骄傲和麻木，但我知道：我就是圣诞节那天的德米特里。我和他当然不同，但他的故事某种程度上代表了这里的所有人。每个人都是一样的，不管是不是像我这样无家可归的人，都自以为可以骗过自己的朋友、家人、同事和全世界。

最后，他让第一次来这里的人站起来。我自然不必站起来，因为我不是一个参加者，我只是跟着过来随便听听的。他好似听到我心里的想法似的，说如果有人觉得他的故事里有自己的影子但又拿不定主意，就到后面的房间里去拿小册子看看。那小册子上面挤满了小问题。他说，如果超过半数的回答是"是"

的话，就不要再自欺欺人了。讲话结束后，珍到处和人聊天，我悄悄去了后面的房间。与其说是因为好奇，不如说是逃避。我不想跟这里的任何人说话。

"你因为酒精或者毒品问题耽误过工作吗？"

"是"

"为了拿处方药，你对医生耍过手段或者撒过谎吗？"

"是"

"你从朋友和家人那里偷过钱买酒或者买药吗？"

"是"

"你的问题影响过你与他人的关系吗？"

"是"

"你的问题让你丢过工作吗？"

"是"

我越答心里越不爽。

几乎每个问题我的答案都是"是"。

每一次下笔都跟拔牙一样疼，而且只能乖乖地坐在椅子上就范。

第二天晚上，我又去参加这个活动，第三天也去了。我自己都有点吃惊怎么停不下来了。我还交了些朋友，没有人居高临下地批评我，这很棒。人处于底谷的时候，就会看不起自己。我在活动上遇到的人好像都深知这一点，遇到他们就好像在情感的沙漠中遇到了一片绿洲。珍很鼓励我去参加这个活动，我也想让她瞧瞧，只要我下定决心，就能做成自己想做的事情，我想让她知道我很强大。不过有点讽刺的是，参加这种活动就是要把自己支离破碎的一面展现给这个世界，以及其他支离破碎的人。

我第4次去的那天是2002年的11月23日。那天德米特里一直敲打着我："杰克森，让我去你家吧。听我说，没什么。我只是去把你的酒和药拿走，这就是第一步。总得做出点承诺呀。"那晚我简直招架不住德米特里，他太能说了，我根本找不到理由拒绝他。

我说："好吧，明天。贝丝不在家的时候。我不能把她扯进来。"

那晚我喝了个酩酊大醉，还把手里有的东西全吃了。后来猫们把我的烟斗什么的全叼走了。它们这样是对的，好多人就因为想留个念想把烟斗扔衣柜里，结果某天找到之后就重回老路了。后来德米特里来了，把我的瓶瓶罐罐全装进垃圾袋里带走了。他刚走几分钟，我就开始恐慌不已。

第二天我简直没法正常做事。我模模糊糊地记得那天自己和别人说话都不利索。

那天晚些时候，我还照顾了一只受到精神创伤的猫。我摸了摸它，给它的后颈按摩，再轻轻牵了牵它的尾巴。我觉得我还能多做点事，于是慢慢眨眼和它沟通。我一只手放在它的头上，一只手放在它的尾巴上，希望它能跟我互动。突然我仿佛感到一股能量从地底传到我脚上，经过我的手，传到猫的身上，又流入空气中，再回归到地下。我隐约觉得猫也感觉到了一些东西。我当时异常清醒，我觉得自己应该好好休息休息。这是一种起死回生、凤凰涅槃的感觉。

我好多年没感到这么平静了，后来的3个月里，我竭力想抓住这份平静（这3个月是恢复期的第一阶段）。每次我去参加活动，人们都在谈论清醒的好处，我也想像他们一样清醒起来。我希望再次变得完整，重拾我的创造力，恢复我的活力。回家以后，我看到本尼，仿佛本尼也在盼着我回归正轨。

我戒毒戒酒两周的时候，丹妮尔把我叫到她的办公室，开除了我。她向我解释说收容所财政紧张，不仅修了新房子，捐款也越来越少,所以得削减支出。其实我知道原因是什么。在戒毒戒酒的过程中,人的双腿就像被锯掉了一样,连走路都不自在,更别提工作了。

离开收容所的话,我就得另谋出路。可这条新的道路崎岖坎坷,没有兽医学位的人很难作为行为顾问生存。丹妮尔说收容所会在接下来几个月帮助我,他们会给我推荐许多客户,我将主要靠这部分收入生活。

我走出收容所,手放到车门上时停顿了一下。我叹了口气,低下了头。害怕他人看到我这副模样,我带着强装出的自信上车,大力关上门,准备好了走自己的路。

一无所有

被炒以后,在第一次去别人家做顾问的路上,我的车坏了。

我当时刚从一个修电脑的人家里离开。从收容所走了不到一周,我的电脑就坏了。那人说会尽量给我修好,打电话的时候还满口吹嘘自己:"这个问题很简单,很容易修。"我把电脑放他家之后,他就改口说:"电脑的问题很严重啊。"我在离开收容所之前就花了差不多1600美元修车,当时修车的跟我说:"我不敢保证这车已经完全没事了,但是如果你听到它发出'咔——咔——嘣'这样的声音,就说明还没完全修好。"我开车的时候浑身都攒着劲,汗流浃背地算着修电脑要花多少钱,这次顾问能赚多少,而且还得操心眼下这次顾问会做成什么样。这时，我听见"咔——咔——嘣"的声音，车子慢慢就不对劲了。我开始沿着州际公路向前走，车子越来越不听使唤了。

车子慢得我能听到轮子压过每一块碎石的声音，我知道这辆1987年的福特已经可以彻底退休了。这时车还在颠簸着，气急败坏的我直接把仪表盘扯了个稀烂。然后我又抬起腿穿过方向盘猛踢车速表。牛仔裤挂到了变速杆上，我干脆把被挂住的那部分给撕开了。最后筋疲力竭的我又踢了两脚车子，把野马的标志拆了留作纪念，还顺带把后储物箱的门给拆了。

平静下来后，我明白了，这就是一无所有的感觉。

那个早上，我没有钱，没有工作。这两样我还能够应付。但我不仅没钱没工作，还没电脑、没车，甚至不知道自己在哪，这可真够我受的。不仅仅是没有了钱、工作、电脑、车，我感觉不到自己还拥有什么，如同赤裸裸地活在世上。面对恐惧、荒芜、无底洞，人总是很难拾起信念。

我在路边哭着给爸爸打了个电话。我有气无力地问："你是怎么做到的？当初你英语都不会就来到美国白手起家。你养活了一大家人，他人都等着看你失败，你却一直坚持。你究竟是怎么做到的？"

电话那边沉默了一会儿。

然后他开口说道:"最开始的时候,每一天我都会想,少卖出去一样东西,我就可能多欠一份账单。那时我的英文很糟糕,而且我必须抓紧之前的每一个客户,能不能挣到钱就得靠他们了。我经历过战争、恐惧、饥饿,然后我来到了这个地方,赌上了一切。除了相信明天会更好,我还能做什么呢?你现在也是,有其他选择吗?"

"好,我明白了。"

他这时像一个给处于下风的拳击手鼓劲的教练。他接着说:"晚上你可以回家慢慢恢复你脆弱的心。但现在有一只猫,还有你的客户都需要你。你赶快振作精神把该干的事情干了!"

我照做了。

我叫了个出租,在出租车上大致清理了一下刚才因为发脾气弄脏了的衣服。今天早上出门的时候我穿的裤子还是一条时髦的膝盖破洞牛仔裤,但自打挂住变速杆后,这条牛仔裤就变成了一条侧开口裙,把我的四角裤暴露无遗。我坐在出租车后座上,心里想着:"不能改变的事情就要接受,我要拥有平静接受的勇气;能够改变的事情就要勇往直前,我要拥有改变的勇气。"这时我竟然本能地踩着"空气油门"、握着"空气方向盘"。看来我还不习惯当一个乘客。

最后,我终于到了客户家门前,我心里慌得不得了。这和以前作为收容所的工作人员去别人家解决问题是不一样的。以前如果我的建议使猫越来越难相处了,它的主人无非就把它送到收容所来。那完全没关系,我可以在收容所照顾、保护这只被送来的猫,从行为上帮助它,为它找新家做准备。但现在不一样了,我没法保证自己的建议是完美的。如果我的工作有了失误,这只猫可能会被送去收容所,并接受死亡的命运。

而且以前如果工作上有失误,我不会放在心上,第二天照常上班。但现在我的第一份单干的工作要是有了闪失,一经大家口口相传,我就没活干了。到时候不仅付不起房租,还没钱喂本尼和薇罗莉亚,搞不好连自己都吃不上饭。

我心里真的很慌。

我浑身破破烂烂的,衣服上还挂了点黑色的油性物质(而且我居然回家才发现),脸上也有。我深吸一口气,发现现在的自己根本就没有真正掌控自己。所以我在心里对自己说:"我要帮助这家人。让他们的生活更平静、更简单。"再次深呼吸后，我按响了这家人的门铃。

我一坐下，唐娜（Donna）就跟我说："它叫斯莫基（Smoky），这段时间给我惹了不少麻烦。"

我说："明白，我就是来为你们解决这个问题的。"深呼吸一次后，我继续说道："我工作前一般需要客户先介绍介绍情况。"她其实已经在邮件里把事情跟我说得清清楚楚了，但我把打印出来的邮件忘在了我那辆破车上了，所以我希望她把邮件的事忘得一干二净。

她用略带挫败感的声音说道："它现在攻击性越来越强烈，以前不是这样子的。现在它会毫无理由地攻击人，而且它体型又大，发起飙来很吓人。"

"它多重？"

"16斤。"

我就知道，这根本不是猫胡乱撒尿那么简单。老天偏偏要再给我出个大难题？好吧，这可难办了。还好我这一身颇像是来打硬仗的。

斯莫基一直在旁边听唐娜说话，它那副模样像极了本尼——这算是这倒霉的一天里一个略带苦涩的好消息。随着家庭环境的变化，斯莫基的行为也越发难以预测。他们一家人刚搬到这里的时候，斯莫基就变了一些，每增加一个家庭成员，它都会变化一点。他们有4个孩子，一对6个月大的双胞胎、一个3岁的孩子和一个6岁的孩子。唐娜和丈夫当初领养斯莫基时，它还是只可爱的小猫。现在斯莫基越来越不像当初那只小猫了，渐渐变成了一个小恶魔。起码在亲戚、朋友、邻居眼里，它是只麻烦不断的猫。

它倒是不会轻易攻击唐娜、丈夫或者孩子。但在其他人面前，斯莫基总是一点就着，直接把自己的爪子对着人家扇过去。

我听了半天终于起身开始巡视这块领地，唐娜说："它喜欢在楼梯顶上玩儿。"这时，它就站在楼梯顶。盯着我，气氛沉默得可怕。

尽管斯莫基的样子吓得我浑身发麻，但我还是记得，在走进猫的领地时，必须带着无声的自信。如若不然，猫就会察觉出人的恐慌，随时准备攻击。我慢慢靠近它，轻声打着招呼："你好啊，斯莫基。"这种调调我练了几年，这种声音能拉近与猫的距离。要研究猫、理解猫，就要好好了解自己的音域。每只猫喜欢的声音都不同，最好搞清楚它们最喜欢哪种，哪种声音能让它们接纳发声的人。每当我想接近野猫，又不太可能一上来就进行肢体接触的时候,我都会用这一招。

斯莫基仍然盯着我,我也继续屏住自己的呼吸。我调整了靠近它的策略,因为直线接近会让它以为我要攻击它,而且走直线过去等于封死它逃离的路线。所以我站在扶手的一边,再次跟它问好:"嘿,斯莫基,你好……"

这时斯莫基突然就从离地面3米多高的地方一跃而起,跳到我的头上。唐娜说得没错,它果然有16斤重,而且身上结结实实全是肌肉。被它撞到的感觉就像脸上吃了一拳,而且这一拳还带牙齿带爪。

可这时我只能保持镇定。我能听见唐娜在旁边用高八度的声音尖叫着。我缓缓转身,把斯莫基划进我肉里的爪子慢慢拿开(猫最可怕的地方就是,攻击性越强的猫,爪子越尖,因为没人敢去修剪),虽然这时它还像吸血鬼似的用牙齿钳着我的脖子。我慢慢蹲下,用类似探戈的动作轻轻护着它。我想让它背对地板,因为猫处于这种不利位置的时候会自发调整。我希望它为了避免摔到能本能地松开爪子和嘴。但从目前的情况来看,它是要一战到底了,它根本不想着地,只想抓紧现在的位置再回到楼梯上去。

一阵拳打脚踢后,我流着血跪在唐娜的大理石地板上,终于可以放松了。这简直是我人生中最糟糕的体验之一。几分钟之前,我还在担忧自己的事业和来自陌生的猫的攻击,现在我才真正认识到斯莫基。它强有力地证明了自己的老大地位。

唐娜一边给我递湿毛巾,一边说:"瞧见了吧,随时都这样。谁都不安全!"这时候她开始使劲换气,很激动,看着斯莫基给我弄的伤。我跟她说没什么大碍,但她还是很担心,帮我把身上擦干净,止住了血。我意识到这家里的整个氛围就不对,主人对猫的恐惧反过来引起了这种灾难的爆发,这种情况非常普遍。因此,一定要避免这种情况,否则像斯莫基一样的猫,注定会离开这个家。

其实我倒没怎么在意身上流血,这一刻我在仔细想着怎么对付斯莫基。不去想这次咨询的影响反而让我轻松不少。斯莫基很棘手,但我能对付这种狠角色。我也要帮助唐娜走出悲伤、缓解压力,这我能做到,我对自己的能力有信心。其实眼前的问题说到底就是人与动物如何产生共鸣的问题,我们都处于一个脆弱的空间中,这种事情很正常。这时虽然我形象不佳,但我成竹在胸。

我在卫生间好好清理了一下,脖子、头、胸口还沾着卫生纸就出来了。我看起来跟整容失败了一样,一边走出来一边说:"很明显,它在防御来自楼上的威胁。"我笑了笑,想让唐娜觉得我经常遇到这种情况(其实并没有),也想让她知道我没事(其实感觉糟透了)。"咱们去看看楼上到底有什么吧。"

多多观察

我的经历让我明白了一些修正行为问题的重要方法:

- **置身事外**:作为猫的主人,即使你忍无可忍,也要退一步海阔天空。一直生气无法解决任何问题。要置身事外,用心观察。即使是房子、身体、睡眠受到影响,也要记住:猫是不可能故意刁难人的。

- **记录**:猫的行为绝不是完全随机的,而是有规律的。把自己的行为和猫的行为记录下来。它什么时候用猫砂盆?什么时候发火?你什么时候起床?什么时候回家?家里的氛围是如何改变的?注意细节非常重要,尤其是在解决行为问题的时候。

我们走上了楼。这次我不再费劲考虑什么接近策略了,我根本不理会它。我们从它身边走过的时候,我一直在找话说,故意让它听到我声音中的放松。当然,我还是让唐娜走在我前面,不能让斯莫基感受到任何领地压力。多聊了几句,我又了解到，尤其在生了双胞胎之后，斯莫基发生了很大的改变。双胞胎的房间在楼梯的右手边，我看到那个房间后，很多事情都清晰了起来。关注领地是猫的本性，当有新的孩子出现在这块领地上时，斯莫基就会觉得他们的安全很重要。它主动承担起了保护者的角色，而且干得很卖力，甚至起到了效果。因为现在陌生人都不敢来了。双胞胎出生后，保护职责加上领地压力让它不堪重负。现在斯莫基的生活状态过于紧张，所以行为也就有了一些异常。

首先要做的就是让斯莫基知道，家里的每个地方都一样重要。这听起来有点违反直觉，但我觉得，如果家里的每个地方都一样重要，保护这个家反而不可能了。那它就只能放松自己的控制，不再拼命履行职责。

我们拿了条双胞胎的毯子在屋子里到处蹭，沾上他们的气味。我又拿了个摇摇椅，唐娜抱上宝宝，我们到了楼下，好让唐娜可以在客厅里给他们讲故事而不必非得待在双胞胎的房间里。之前，他们都在楼上给斯莫基喂食，所以我们把它的食物也带下楼了，还把它的玩具也拿下来了，摆得到处都是。斯莫基看到这一切可能会说："我的食物和水都跑这儿来了。这儿怎么还有小宝宝的味道？有我气味的猫砂盆怎么到处都是？那个东西也是我的吧,怎么我的东西都到楼下来了?好吧,这样我还有什么好守护的。"等我们完成这一系列动作后,我们看到斯莫基就在我们眼前放松了下来,看起来像是另一只猫。

  回家以后,我看着镜子中的自己,发觉自己并不是一无所有。我还有床可以睡,有门可以锁,有窗子可以看看外面美丽的熨斗山。我有了一段难忘的经历,尽管留了点血,坏了辆车,但我仍心存感激。我从未有过这种感受,我感激这段体验,我感激这些体会。我经历了痛苦,却没有任由痛苦折磨我。斯莫基不仅给了我几个疤痕(几年之后才慢慢变淡),它那难以捉摸、被误会的情绪也给我上了宝贵的一课,它让我学会了怎么更好地和唐娜这样的人沟通。这一课我们都不会忘记。

名不正言不顺

不仅工作挑战重重,在家里,本尼也不遗余力地给我制造麻烦。

我跟贝丝说我要戒酒戒毒后,她就不再和我说话了。她对那些东西的需求就和我对清醒的需求一样大,她很生我的气。对她来说,我选择另一条路不仅是背叛了她,更是在唾弃她的生活方式。这样的情形会使人产生矛盾。我还记得以前有一个朋友开始恢复正常的生活时,我说他是个"怪胎""胆小鬼"。他的选择让我们这些执迷不悟的人像是被逼到角落的猫,猫在这种情况下是会报复人的。如今贝丝也是这样对我的。

我知道，要完全恢复，我不得不在一切尘埃落定之前放弃和贝丝的友谊。因为在这样困难重重的环境中，生活在一个反面典型身边并不是件好事。贝丝渐渐霸占了公寓的大部分，而我为了避免冲突，一般都只待在自己的卧室里。1个月后，我有些忍无可忍了，猫也受不了只待在我那间小屋子里，我开始找新住处。

一个中介带我看一处房的时候问我："你觉得这地方怎么样？"

我心里觉得这地方有点太大了。这儿有两个卧室、一个办公室、一个大洗手间、一个大客厅、一个餐厅。这反倒让我有点不舒服。

珍说："可以看到山，价格也很不错。就这儿吧。"我只能麻木地点头。

这时的我没有一件家具，其实我还挺为这种简朴的生活感到骄傲的。我的日式床垫没什么用，所以留在以前的公寓了，那个沙发也已经是贝丝的了。我没有电视，什么都没有。但因为现在生活少了一项开支，我更能攒钱了，可以买些东西。我买了些以前想都没想过会买的东西，比如银制餐具、牙刷托、摞子。能给猫买的也都买了。东西有些太多了，有时候早上起来，我半天找不到平底锅在哪儿。爸爸发现了我选择家具的无助，特意来拯救我。我们一起去了一个拍卖会，直接用400美元买了一整套家具。我买的最奢侈的物件就是一个加长型大床。搬过去后整整6个月，我都没有把新住处的墙刷白，好像是内心深处还不完全愿意接纳这个新地方。

慢慢地，我克服了这种不习惯，适应了新家。但本尼什么也不想改变，对它来说，一切都变了，它不知道要怎么办。养猫的人都知道：猫喜欢稳定。

但本尼比普通的猫更加固执。

我们刚搬家，它就把自己的态度表现得很清楚——随处撒尿。我没有去计较，我觉得自己能够应付这种级别的不安分。

遇到这种事情绝不要慌张，慌张只能让情况恶化。（这样的错误很常见：猫一随便撒尿，人就随便撒气。）成功保持冷静之后，我放了3个猫砂盆在它撒尿的地方。我的想法是这样的，如果猫开始随处撒尿，就在它撒尿的地方多放几个猫砂盆。猫接受了之后再慢慢把几个猫砂盆靠近，直到最后几个猫砂盆都在一处了，就换成一个猫砂盆。

我也这么做了。与其强迫它按我的想法来，不如做一点妥协，承认它对领地的需求。但这些猫砂盆有点影响到我走动，我还是会因为这些不方便而心生抱怨。我心想，最多把这些猫砂盆再放一周，一天也不能多。没想到这个方法奏效了，第一天本尼就开始用我放置的猫砂盆了。

当然，面对本尼，一切都不能高兴得太早。过了几天，我把其中两个猫砂盆往另一个靠近了一些，更方便走动，然后本尼又开始到处撒尿了。我的内心是崩溃的，绞尽脑汁想着到底该怎么办，本尼为什么会抗拒。后来我意识到也许是把猫砂盆一次性移得太远了。本尼看到猫砂盆比前一天的位置偏离了一米左右，它就会失去方向感并且生气。虽然一米左右的距离对大多数猫来说是可以接受的，但对本尼来说太难了，所以它仍会在老地方撒尿。看来这种方法的秘诀在于找到它的"底线距离"。

改变习惯

即使你的猫适应性很强,也要随时用一些变化去"挑战"它。为什么要这样呢?主要有两点原因:

- **完成未曾成功的挑战能带给人自信。**这就好像我们小时候第一次玩单杠,或者刚拿到驾照的感受。对猫来说,最大的挑战就来自它们拥有的东西。拿走它的玩具,偶尔让家里热闹起来,挑战它的领地,都能起到这样的效果,它们的自信也会加强。

- **不断升级能帮助猫在面临意想不到的改变时更加从容。**虽然这么说不太吉利,但假如主人家发生了什么变故,猫会如何呢?在饮食上,它是不是能适应呢?如果你的猫一直以来都只吃一种牌子的猫粮,上面还非得撒点东西拌着吃,而且必须隔一天吃一次,那么一旦到了收容所,很多东西它是无法克服的,甚至可能会不吃东西。

我们需要不断改变猫的习惯,它们才能成长。什么也不做是最轻松的,我们都希望自己的猫永远生活在安全、稳定、友好、快乐的世界里,但还是要让它们感受到真实性的另一面,这样它们才能灵活地应对环境的改变。

自那时起，了解猫的"底线"就成为我的得意技巧之一——最重要的就是掌握从舒适到挑战之间的"度"。小孩在学会跳水之前也得先用脚趾去碰水，在学会骑车之前也得先在自行车上加辅助轮。要影响猫的行为，就要让猫不那么舒服。这听起来有些难以理解，但却是必不可少的一步。面临变化的猫会像本尼一样竭力挣扎，希望重新回到舒服的模式。这时主人就要每天给它们新的挑战，慢慢它们就能接受本不能接受的改变了。在反复引导的过程中，要让猫感受到改变能带来巨大的好处。拿我和本尼来说，我发现每天把猫砂盆挪动10厘米上下，本尼就能够接受。我是慢慢找到它的接受范围的，15厘米能够接受，30厘米则不能接受。在为期3周的摸索过程中，我家里到处是猫砂盆。每晚本尼睡着之后，我就悄悄挪个10厘米。几个猫砂盆的距离越来越近，最后终于只剩下一个猫砂盆。而且这个猫砂盆摆放在不会给人造成不便的位置。

　　在解决猫砂盆问题的同时，本尼又开始欺负薇罗莉亚了。所有权是猫的生命线，本尼还是以前的它，所以它觉得自己的存在感需要更强一点，拥有更多。我觉得它的领地好像扩大了，以前是因为有门和其他猫，它才没有过分扩张。现在本尼把薇罗莉亚能够站的、坐的、躺的地方限制得很死，它甚至还给薇罗莉亚规定了活动的时间和方式。它可不会浪费搬家这个能施展霸道拳脚的好机会。薇罗莉亚很害怕本尼，所以它老想跑到本尼找不到它的地方，但结局往往令它失望。这样的氛围可不太好。而且薇罗莉亚这样也帮不了自己，边跑边叫只会被本尼欺负更甚。有时我让它睡在我身边，亲自保护它。它也很喜欢这样，但本尼有时还是会跑到我的床上故意从薇罗莉亚身上踩过去。这样薇罗莉亚又会开始叫，两只猫搞得我不得安宁。后来，本尼完全不能忍受薇罗莉亚跑到我床上，所以它干脆时刻注意，不让薇罗莉亚来我床上。

我终于说话了（也算是对我自己说）："猫咪们，我们还要共处很长时间呢，这样下去可不行。你们俩我都不会丢掉的，我们必须想想办法解决现在这种局面。"

他俩看起来都没什么信心。

但现在我不是很想尝试以前的做法，比如换场地，因为交换场地就得随时把门关上。我觉得这样只会让本尼在其他地方找回自己的威风。其实目前的情况让我第一次有了机会进行大型的、开放的行为实验。在这个新家里，没有了外部干扰——没有室友、没有其他猫狗、没有客人，我需要好好想一个既能保证薇罗莉亚的安全，又不损害本尼的控制欲的方法。

交换场地

当两只相互不信任的猫短兵相接的时候,我会让它们回到起点,重新认识。其中一个重要的技巧就是交换场地。

猫与猫之间不应该在一开始就产生眼神对峙。它们应该平等地享有领地,但不要同时享有同样的领地。当其中一只猫拥有自由的领地权时,另一只就该待在安全大本营(通常是主人的卧室)。这样,它们都能保持拥有感,增加自信。这时再渐渐指引它们重新接触。先通过共同熟识的气味来进行接触,要避免它们为拥有权展开斗争。

通过观察本尼和薇罗莉亚,我得出了"树与灌木"这一概念。我发现薇罗莉亚总是喜欢跑到高处,它受到威胁就会待在高处。有时候它会跳到门框上或者更高的地方,就像顺着藤条活动的"人猿泰山"一样。但本尼更喜欢亲近大地的感觉,它好像根本不会跳跃似的。我觉得这可能跟它盆骨上的老伤有关,不过也有很多其他自然原因导致它更亲近地面。

这让我想起了一些大型猫科动物的捕猎行为。像狮子一类的动物在伺机而动的时候总会在灌木丛中蹲得低低的,并悄无声息地在其中移动。大多数时候，他们杀死猎物后就直接在地面上进食，这类猫科动物在地面上有着十足的自信，也就是习惯了地面的"灌木动物"。其他一些猫科动物同样是地面上的捕猎好手，却喜欢把猎物拖到树上享用，以免鬣狗和其他动物来争夺食物，美洲豹就是这种猫科动物的典型代表。它们吃、睡、观察都在树上，所以猎豹就是"乔木动物"。

当然，要用这些大型猫科动物的行为去解释家猫的行为需要一些想象力，但好歹我对它们的了解更近了一步。现在我有了新的分类方法去评估猫的自信程度，并基于不同的需求去设计解决方案。最棒的是，基于这样的评估去解决问题时就不必剥夺猫的个性。拿我的猫来说，我知道薇罗莉亚是"乔木动物"，本尼是"灌木动物"，这使我能设计一个双方都满意的环境，让它们都感到自己的领地变大了。

乔木动物还是灌木动物?

乔木动物或灌木动物之间没有孰优孰劣。比如,有的猫就是很喜欢高处,高处的位置能给它们带来自信。我知道很多猫在被追赶的时候,就会跑到冰箱顶上去,不敢下来,而且吃喝拉撒都在上面解决。对亲近地面的猫来说也是同样的情况。这些猫喜欢跑到衣柜或者床底下保护自己的安全。

- 不带偏见地观察自己的猫。它们自信与否?是灌木动物还是乔木动物?
- 如果它们有自信,就让家里的空间适应它们的自信。
- 如果它们没有自信,那就时常去挑战它们的"底线",让它们不得不做一些更勇敢的选择,认识一个更全面、更真实的世界。

我给猫买了猫爬架,还用在家居店买的普通架子为猫搭了一个的专用高速通道。这样本尼和薇罗莉亚就可以互不干涉,共同摸索出一个共处方式。我仍会保护薇罗莉亚的安全,也让它们都有领地可以占领。但我不会强行把它们分开。久而久之,随着本尼领地压力的变化,它不再去骚扰薇罗莉亚了。

为什么还在收容所的时候,我迟迟没有单干、专门吃这碗饭的念头呢?因为我的名字后面没有任何头衔(而且当时的我确实差点火候)。我不是兽医学博士,也不是美国动物行为兽医协会(AVSAB)、动物行为咨询国际协会(IAABC)会员,更不是注册应用动物行为学专家(CAAB)。我在学校学的东西根本和现在的职业无关,这让我害怕去挑战更大的世界,因为我害怕犯错……更糟糕的是,我害怕被人评判。

猫 道

要善于利用屋里的每一个角落和缝隙,创造性地为自己的"乔木动物"和"灌木动物"打造合适的场所。

- 如果家里有好几只猫,那就分别为喜欢高处的猫和喜欢地面的猫量身打造路径,这样它们都能拥有更多领地。
- 猫如果不相互争夺门及靠墙的地面,家里的空间就不会那么拥堵。为它们修筑不同的路径,就能减少"堵车"带来的"路怒"。
- 记住,不管搭了什么,都要"条条大路通罗马",包括猫砂盆。道路上留更多的出口也能有效减少伏击,使得猫能够更好地共处。

更糟糕的是，我有很多问题与所谓的专家有严重的意见分歧。比如，很早的时候，我就很厌恶给猫去爪。不管书上怎么说、研究动物行为的专家怎么说，我都觉得去爪会影响猫的身心，这完全是一种常识。只需要看一只猫走路，就能看出来它是否被去爪了，因为被去爪的猫步态会显得不自然。而且我发现越来越多被去爪的猫会有如厕问题，很多去爪工作也做得非常不仔细。更糟糕的是，有些兽医告诉养猫的人，切除跟腱是一种比去爪更人道的手术，这种说法让我愤怒不已。这些做过手术的可怜的猫走路时，脚上经常失去了抓力，在地毯上老是被绊住。而且有的专家在我向他们讨教的时候，非常自以为是、傲慢，说我的看法没有任何研究支持，我只是拿人的思维方式套用在猫身上，还说我研究动物的行为是种"伪科学"，注定只会失败。现在呢？给猫去爪在很多国家是违法的，有些地方还会坐牢（在美国许多城市都是如此）。但现在仍有些兽医和养猫的人完全忽视了这个问题。

现在已经过去15年了，我觉得我们这代工作者已经走上了不同的方向，大家都可以获得全面的知识，并且有了更多的角度。但在那个时候，我没有那种真实感，好像我是偷了他人的身份在工作，随时都会被抓包似的。

不要给猫去爪

有的人觉得去爪无非就是剪个指甲，这样的想法是绝对错误的。给猫去爪相当于把人第一个指关节以下的部分全部剪掉，而且还一辈子都长不回来。去爪会让猫在很多年里饱受行动和情绪方面的困扰。

如果猫开始随便抓挠一些东西，可以做以下事情：
- 除了家具等物品以外，让猫有东西可挠。
- 不要让猫挠地毯，可以给它一些麻布、纸板之类的东西。
- 给猫爪套上东西。

有一次，我去丹佛参加一个讲座，主讲者是一个颇有名望的动物行为学家。她让我感受到——在很多想法上，我并不是孤军奋战。讲完以后，我去找她说话，我没问她要怎么才能成为一个行为学家，我只想和她聊聊猫。

我很兴奋地对她说："你好，我现在也在逐步踏进这行，很想和您聊一聊。"然后我就不停地说，慢慢地，我发现她几乎没有什么回应。我很想好好表现自己，但她的沉默让我很紧张，一直冒汗、语无伦次。在我滔滔不绝的时候，她脸上的表情逐渐变化，一开始的时候还是"好的，我会在你买的书上签名的",慢慢就变成了"有完没完了"。面对她冷漠的脸,我没法再说下去了。

她终于开口说话了,语气冷若冰霜:"这行不是谁都有能力做的。"这句话很有威力。说完,她就回过头和他人说话去了。

我不知道她是不是感到我是一种威胁,觉得我是要从她那儿偷走点什么。那周之后的某一天,有人在网上给我发了一个她的网站链接。讲座那天,她在个人网站上说了这么一句话:"谁都可以说自己是研究猫的行为学家,但要小心甄别。"

从那时候起,我从不会自称为研究猫的行为学家,我不想让她戳穿我学艺不精的事实。所以我一般称自己为猫行为顾问。后来我也会自称爱猫人士、猫翻译、猫心理治疗师等。总之,她的话或多或少地影响了我,让我觉得自己还称不上是个合格的行为学家。仅仅有同情心,知道很多关于猫的知识,或者在基础层面上了解猫,这些都是不够的。后来去客户家里,我都会遮住自己的文身,把耳环拿下来。我告诉自己:"我希望比起我的外表,客户能更关心他们自己的猫。"但实际上,我是在有意无意地避免客户因为我的外表而低看我。

小时候,我曾和爸爸一起工作过。我见证了他操着蹩脚的英文完成交易，也见证了他跟客户不欢而散。爸爸的办公桌旁的镶板上有这么一句话："卖东西就和刮胡子一样。一天不刮胡子的人看起来就像个流浪汉，一天不卖东西的商人就会变成真正的流浪汉！"这句话旁边还刻着一张流浪汉的脸。

爸爸总跟我说，只要我开心，他就开心。但现在，在我独自奋发向上、艰难生存的这个阶段，我又变成了那个需要爸爸认可的孩子。我想，他在遥远的地方或许也知道，我夜不能寐，专业上还需精进。

问题在于我一生所堆积的形象是无法掩藏和抹去的。大二的那个暑假，我为爸爸打工的时候有些挣扎。当时取悦他人对我来说已经习以为常，我想让爸爸满意，但我始终还是必须飞向自己的天空。那个夏天，我打了耳洞。

我爸看到后就问我："你这是要干吗？"

"这样不行吗？"

"你这样子不能上班。"

所以白天的时候，我都把耳环取了，吃午饭的时候再带回去，上班又取掉，晚上下班再戴上。我有点想不通为什么我爸觉得耳朵上挂个东西是这么了不得的事情。

那时候我倒没特别在乎这些眼光。但是现在，爸爸的判断标准、知名行为学家的鄙夷都让我无所适从。

幸好我遇到了琼·哈佛（Jean Hofve），她拥有头衔，而且她认可我，让我知道一切都会好起来的。

收容所搬进新建筑的两周后，我们的很多猫都感染了上呼吸道疾病。这很难办，感染的猫闻不到自己的食物，东西都没法吃了。它们很多都有自己的饲管，而且收容所里有很多专门照顾猫的志愿者。尽管我们竭尽全力，但还是起不了多大作用。

后来有人告诉我，有位琼博士有一套很神奇的治疗方法。那人跟我说："你可以问问她有没有什么办法。"我们当时确实束手无策，猫都快饿死了，我只能尝试。

她在电话里告诉我："跟你们那儿的志愿者说，每次进隔离区时，把花精放在猫的身上和它们的水里。"

后来，猫确实开始吃东西了。

立马见效。

我说："可能是因为我们摸了它们吧。"

"有可能，碰触心灵的抚摸有治愈效果。除此之外，主要是我的花精起了作用。"

这是我与她的首次接触，之后每个人都跟我说，我应该和她一起做事。太多人跟我说过这样的话了。有一个在收容所工作的人告诉我："你和她是用同样的角度去看待猫和猫的需求的人。"

情绪感染

猫在情绪上是很敏感的,不同动物间最好的精神交流就是触碰。
- 不要小看自己的力量。每次抚摸动物(尤其是缺乏交流默契的时候),都能为对方带去治愈的信息。
- 脑子里要想着:"我会让你平静下来的。"就算这样没有直接效果,起码能让自己平静下来,进而感染对方。
- 可以使用精油等物质。

半年前我被"裁员"的时候,我简直不知道要怎么养活本尼和薇罗莉亚。就在我离开收容所时,琼也正好辞去了自己年薪75000美元的工作。她身边同样有人对她说,她应该和我见一面。几天过后,我应邀去了她那边,当时那里正在举行一个每月一次的动物工作者聚会。聚会的主人,也是我们共同的好友——动物传心师凯特·索利斯迪(Kate Solisti)介绍我们认识:"嘿,你终于来了,杰克森,这是琼。琼,这是杰克森。"

我俩异口同声地说道："天啊，是你！"

琼说："现在我们有项重要的工作要做。"

我们谈了10分钟后，决定一起做这件事。

我们都希望少些猫被抛弃，少些猫被实施安乐死。正是基于这样的愿望，小猛兽（Little Big Cat）公司诞生了。我和琼都曾在收容所工作，也都曾不得已为健康的猫实施安乐死。"小猛兽"应运而生。

身心结合法是我们的第一个概念成果。将我和琼的长处结合在一起，对猫的身体与行为的深入了解可以辅助我们解决更多的问题。我和琼希望人与猫之间普通的日常关系能够提升到一个更高的层次。我们很清楚，如果人们能够更了解自己的猫，知道哪些本能和进化因素导致了它们目前的行为，那么养猫的人就不会因为猫的一些看似奇怪的行为（这些行为对猫来说可能是很正常的）而过于沮丧，反而会对这些现象着迷。

我们公司的名字强调了猫的"猛兽"本质——就像老虎、狮子、美洲豹等大型猫科动物，一些本能仍然流淌于家猫的血液中。"驯化"对猫来说是个颇为坎坷的历程，虽然人类把猫带回家后也付出了真心，但人与猫的关系一直以来都是爱恨交织的，而且猫是最晚适应人类的驯化动物。这些"小猛兽"内心都住着"大猫"，而且在行为和健康方面，猫科动物有更多的需求。

小猛兽

观察自己的猫如何释放"内心的狮子"。这个过程不仅好玩，也很重要！

我和琼打造"小猛兽"时，提出过两个核心内容：

- **玩耍理论**：捕猎、抓住、杀掉、吃、清洁、睡。这些都是猫这种小肉食动物的生活本能。如果猫没有条件捕猎，那就尽量创造环境使其在玩耍的时候更专注，消耗更多能量。如果每天都这样玩耍的话，许多行为问题就会迎刃而解。
- **饮食法**：之前我们讨论了食肉动物的饮食对猫的身体有益，比如体重和毛质控制。而且从健康的角度来说，这样的饮食更连贯、更循序渐进，也会让猫更容易适应食物的变化。如果想训练猫坐下，用一碗猫粮和用一碗肉做奖励，哪个会更有效果呢？

有时候猫会把尿撒在猫砂盆外面，乍一看好像只是普通的行为问题，但猫的排尿、步态等可能看起来有些奇怪。这种情况下，琼就会给猫做一个全身检查，然后再重新制定食谱。她的这些特点与我互补，让我克服了我的"头衔恐惧"。我知道很多她不了解的猫的秘密，她则知道这些秘密形成的机制，而这些恰好是我不熟悉的。我们合作默契，是一个自信又完整的团队。有了琼，我再也不会害怕这种对话的发生：

"杰克森，你说你是个猫专家。你有什么学历凭证吗？"

"我，呃，我有个硕士学位。"

"是吗？学的什么？"

"呃……表演，但是对我工作帮助挺大的。不是，我没开玩笑，诶，你别走啊……"

如果我自己也觉得，不去兽医学校就无法研究动物行为，那我就真的没法研究动物行为了。事实并没有如此可怕。琼有能力花费12个小时阅读、查阅，再把这12个小时仔细研究的成果添加到自己写的文章里去。这种事是会把我逼疯的。

但在没有客户咨询的时候，我的脑袋里也时时回响着爸爸的声音，我也会竭尽全力让我的家人为我的工作感到骄傲。

我的爸爸是个商人，外公也是，哥哥也是。

但我不是。除了卖东西给他人，我最讨厌的就是他人卖东西给我。但我总得吃饭，总得挣钱。而且，我也总得向爸爸证明自己的生活是过得去的。他很困惑地问过我："你卖的是给猫用的圣水？"虽然他不懂花精，但好歹他懂"卖"。他不可能完全明白给猫做心理治疗这种事情。但只要是说卖东西，不管是猫也好、神药也好，还是布鲁克林大桥也好，他就会懂。

我们的花精治疗能够改善动物情绪上、身体上和心理上的问题，比如分离焦虑、哮喘、旅行压力等。这也是我们的事业中唯一商业化的东西。这部分收入少得几乎可以忽略不计，但也算是一笔稳定的进账，所以我坚持认为我们应该将其纳入"小猛兽"的日常运营中。为了实现这个想法，我向琼保证，我会包揽概念化之外的其他所有工作。毕竟她独自负责管理已经长达5年之久，对过多杂项有些疲于应付了。这个事情是有潜力的，我必须一试。除了"小猛兽"网站，我们还打造了一个"花精"网站作为补充。"小猛兽"网站上主要是一些资源和信息，并分享我们对这份事业的热情。"花精"是一个能体现我们理想的实体。我们想要掀起一股风潮，为动物创造一些货真价实的产品。我们渐渐得到了一些订单，最初的时候很少，差不多一天一单，两单就很幸运了。但我们都坚信，会有更多人买的。

但并没有。

我们每天平均进账30美元。但这就是那时的我——一个日进30美元的蹩脚商人。换句话说,我仍是那个样样不精的外行。我俩这时都只能靠信用卡生活。

每天拿到邮政局发来的邮件时,我都会去看看过去24小时的订单,然后再去邮局。我经常手拿一两个信封排队,而身旁站的小企业主们都抱着快满出篮子的信封。

"嘿,你好呀!"我总是充满热情地和窗口的人打招呼,假装自己那可怜的篮子里装满了订单。

对方不理会我。

我又会问候道:"今天如何呀?"

"嗯。"他最多哼一声,心不在焉。好吧,这只是邮局,而且已经快到下班时间了。

我常看到一个卖珍本书的女人,拖着一打袋子走进来,里面满是为全世界的收藏者准备的书。拿着一两个信封的我在她面前羞愧难当。我心想:"以前我假装自己是行为学家,现在又假装自己是商人。"整整两年,每次去邮局我都想找个缝钻进去,要不就钻进自己手里空空如也的篮子,反正篮子里面的空间多得是。

订单第一次装满篮子的时候，我像只孔雀一样到处招摇。桌子后面的工作人员会把我视为珍宝的产品送往全国、全世界，送到养动物的人手中。这些买家要为自己的生活伙伴提升生活质量。我喜气洋洋地站在众人之中，向卖珍本书的女人抛了个媚眼，而这就是满满一篮子订单的魔力。这一刻，我好似获得了认可，终于有了自己的事业。父母总说音乐和动物都只是我的爱好而已，不是正儿八经的工作。但现在不一样了，这是货真价实的事业。

渐渐地，琼的工作节奏慢了下来，睡眠也多了，逐渐失去了早年艰苦时期的充沛精力。有一次一起做事时，她对我说："我这人只知道埋头向前。如果你因为我不堪重负，我都不会注意到。我主要是想告诉你，不要因为我而去否定你自己的想法。"我时常想起她的这番话。她的勇往直前就是我的定心丸。她从不会费力气去攻击谁，或者打败那些和我们理念不同的人，那样只是浪费时间。当我开始独自工作的时候，我学会了只去在意每一个客户和他们的动物，而非他人的眼光。她激励和推动着我，照亮了我前进的道路。但我们两人最终还是在人生道路上分开了。

有一天琼被送进了急诊室，原来她有心脏病，需要换人工瓣膜。难怪她状态不如当年。当时我很同情她,也自私地感到恐慌。我不得不包揽下所有的事情:下订单、买瓶子、消毒、配方、标签设计、贴标签、填订单。全部工作一手抓占据了我很多时间,但在管理、执行的事情上,我没有花很多的时间了,我想她要是在的话,我们会有不少争执。

琼所做的远不止把我们的想法传播出去。她写了很多文章,而且都免费放在我们的网站 LitttleBigCat.com 上。这个网站是一个关于猫的理想主义者的大本营。多亏了琼,我们可以在这个地方分享自己的想法。但后来的事情让我开心不起来了。

这个时候的本尼还是很暴躁,老是不用猫砂盆,仍然喜欢耍横。各种各样的问题都还存在。但我开始把它的能量用在好的地方。每次出现问题,我能观察到的东西也越来越多。我把这些现象当成一个需要解开的谜题。在这个没有外界打扰的公寓里,本尼的毫无缘由的反叛是我学习的大好机会。而如果我总是简单地去想"本尼真是这世上最难搞的猫",那么这种反复纠结的行为本身就是一种成瘾行为。这时的我应该忘记自己。我现在已经学会了反过来利用这种能量,我对自己说:"好吧，本尼喜欢一切照旧，它喜欢稳定、不变。这些感受都是它最想要的。"

每次本尼走到那种会扯到毛的地方时，都会把自己弄得像只狮子狗一样，背上和侧面也会搞得很不整齐，看起来好像是草坪被剃得太厉害了，还被放火烧了一把。我总是坐在一旁一边看电视一边用余光观察着一切，看着它胡乱甩头，满嘴是毛，想用舌头把毛推出但嘴又推不出来。

我想弄明白本尼到底为什么频繁掉毛，但怎么也想不通，这简直要把我逼疯了。我知道这背后肯定是有规律、有原因的，而不找出问题的所在我就浑身不舒服。但这一切可能没太多规律可言。为了不让自己每次看到本尼一嘴毛就火冒三丈，我试着用科学而不是用同情心去思考这个问题，但我也只是把自己引入了死胡同。

我完全把自己限制死了。虽然我很想找出原因，想要挖掘出它每个行为背后的根源，但其实每次掉毛都有不同的起因。食物过敏、环境过敏、春秋季节性掉毛、压力。本尼有什么压力呢？有太多莫名其妙的事情会让它的压力增大，比如薇罗莉亚嚼东西的方式比起前一天有了变化，本尼的压力就会变大。某个时候我以为它一定会在一年的某个时间段掉毛，结果它在

7月也开始掉毛,而7月完全是我意料之外的时间段。

所以说它掉毛不是春季秋季的常规掉毛,也不是食物问题(因为我已经给它换了专门的食物),这时候天气也不冷,所以也不会是它受伤的盆骨因寒冷而造成的压力问题。也就是说,它掉毛的原因完全不是我能想象得到的。

过　敏

许多动物的过敏一生都没有被诊断出来,为此吃了不少苦。而且很多动物对一些最常见的宠物食品成分过敏,比如鸡肉、鱼肉、玉米、牛肉、小麦等。

过敏很难被诊断出来,但如果动物脸部出疹、身上长红点、腹泻、变得很爱舔东西,就必须要让兽医看一看了。最好用8周的食物实验期来排除食物过敏的可能性,这个期间使用一些平时较少使用的蛋白质来源,比如鹿肉、兔肉来保证营养。

环境过敏也是很普遍的情况,而且需要专攻此类的兽医才能进行诊断。过敏的自然疗法还包括使用榆树这类天然抗炎物质,或者像鱼油这类有利于皮肤的物质。

后来我发现它变得越来越警惕，跳上空调之前都会来来回回走几圈。而且它把身上的毛扯下来舔得到处都是，在空调周围也弄了一大圈。后来天气太热了，我打开空调，尿骚味瞬间充满了整个客厅。我把黑光灯拿了出来，才看见以空调为中心的一片范围内到处是尿渍，出风口下面、墙上、地上都是。

后来房子外面出现了两只从没见过的猫，它们跳到窗外的空调外机上，坦荡荡地在那里坐下了。本尼是想从里面跳到和它们隔窗相望的位置对峙。这下我终于弄明白了。本尼通过抓扯自己的毛来缓解外部的领地压力（也就是这两只不速之客），同时通过尿液和毛发创造一个属于自己的空间。大多数猫面临这种情况时都会通过气味来划分界限，但本尼用了自己的毛。本尼再次让我明白了，猫的行为之谜永远不是那么好破解的。

内部威胁与外部威胁

当动物因为领地问题而不安,继而引发不恰当的划地行为时,要注意两件事情:

- **内部威胁**。比如,自己的某只猫是否在和家里的其他动物,甚至在和孩子竞争重要资源或者重要空间。
- **外部威胁**。附近的野猫有没有在家门口频繁游荡,如果有野猫,家里的猫会采取一切必要手段捍卫自己的领地。猫可能会选择在窗子或者门边撒尿等方式留下气味。

我用了很多清洁剂才把墙整干净,还买了个空气炮,每次那两只猫靠近窗户,我都会往它们附近打,草皮都会被削掉一层。有几次,我不小心打到邻居家去了,但他们也不堪野猫骚扰,就没有说什么。那两只猫没两天就从我们这附近离开了,之后好几个月,本尼也没再扯自己的毛了。

但我的挑战还远远没有结束。尽管我在不停见人、做项目,但对药物的依赖仍是我生活中的阴影。虽然我用的药都是处方药,不是什么街头毒品,但我的生活还是没有摆脱药物的束缚。

训练与补偿

　　肢体阻挡是无法阻止猫进入某个区域的，要想达到效果，必须做到以下三点：

- 在猫进入相应区域的两秒之内就要采取手段；
- 每次都要保持一定的强度/程度；
- 每一次猫进入相应区域时都要采取训练手段。

　　人在上班的时候，不可能阻止猫去到任何区域。最方便的方法是使用一个远距离训练装置，只需要几周就能达到效果。比如，一个带电子眼的气炮。猫跳上桌子的时候，就用气炮震慑。用不了几次，它就不会跑到桌子上去了。要记住一个原则，每一次拒绝，都需要一次补偿。如果猫对桌子很执着，就要想办法找出原因。找出原因后，再在桌子附近的其他地方给猫提供一个能够起到同样作用的场所。

投降、下坡路

搬到博尔德半年后,我经历了一次崩溃。

和我预料的一样,刚到博尔德时我就开始参加演出。我很幸运能获得机会在几个俱乐部固定登台。从社交层面来说,这是个不错的开端:刚到一个新的地方,就能认识很多欣赏我音乐的人。我认识了各种各样的人,虽然很多都已经相忘于江湖了。

丹(Dan)就是我在这时认识的,当时我们一起在咖啡馆打工。他是从洛杉矶搬到这边来的,也没什么明确的目标和方向。丹说他爸爸在音乐圈工作,自己是个贝斯手。他以前为一个乐队写过一首卖得很好的歌,现在主要靠那首歌的版税生活。他还说想和我组个乐队,我听到的时候非常兴奋。他想给我的歌录个样本,然后寄给他在洛杉矶那边的熟人,希望有人与我签约。

我们马上就开始录制样本了,每天一下班,我和丹就拿着我那个档次很低的盒式录音机跑去录音室(其实就是我的卧室)。但我很快发现丹的贝斯其实弹得很一般,而且他唱歌比弹贝斯还不行。他唯一拿手的,就是对我指手画脚,还美其名曰"包装""制作"。我也照他说的做了。这样的生活持续了好几个月。

有一天,他在早高峰的时候往我打工的咖啡馆打了个电话找我,我忘了是谁接的电话,但因为丹坚决要让我接电话,态度很强硬,同事特别气愤,直接把电话扔水槽了,然后我过去拿起了电话。

他跟我说:"你猜怎么着?"

"哥们儿,现在差不多有20个人看着我这边呢,有话快说。"

"洛杉矶那边的朋友打电话过来了,他们很喜欢我们寄过去的样本,让我们再寄点过去!"

说起来有点尴尬,听到这里,我高兴得在咖啡馆里又跑又唱。

于是，我们马上开始录下一个样本。我们寄过去的第一个样本里的3首歌就花了好几个月时间，而我调试合成器也花费了无数精力，演奏了成百上千遍才满意。我没有很享受这个过程，只是在照着一位资深人士的说法去做。

一直以来我都没有发现，丹在一点点吞噬我的整个生活。他就像个慢镜头里的吸血鬼，一开始我什么都没有注意到。但丹确实有某方面的"才能"，他遇见过的每个人，尤其是女人，都会被他吸引，然后被他甩掉，结局悲惨。他绝对称不上什么美男子，虽然样貌还可以，但有些笨拙，而且衣品奇差。但他真的是一个推销好手。他说自己是好男人，女人们都信以为真。他说自己是音乐家，我也信以为真。和所有骗子一样，他真正的过人之处就是他坚定的自信心和将人玩弄于股掌之间的高超技巧。他是个天生的骗子，在他之前，我从未遇见过像他一样的人，当面撒谎时可以面不改色心不跳，以后我再也不想遇见这种人了。和所有盲目自信的人一样，我以为自己可以不受他的影响。

后来，他搬进我和我女朋友住的公寓，而且很快就开始勾引我女朋友。而且他还勾引我们乐队的鼓手，两人成天厮混在一起。受他的影响，鼓手很多时候是喝醉酒后来参加排练的。这人简直没有自控能力，如同一个定时炸弹。家里有了他，便随时充斥着对骂，墙上有被他砸出来的凹痕，窗户被他打破过，他还曾逼得邻居报过警，最后戴着手铐被警察从家里带走了。他这种无休止的癫狂能量让我难以适应。我的应对办法就是远离。有时下了班回家收拾，收拾完我就马上去街上弹吉他，让他和我女朋友待在家里。

  我能感到自己渐渐失控，那段时间我开始接受心理治疗。我想抓住那些从我手中溜走的东西，但它们就像水一样，越想抓住，越会流失。人越是想要保持理智，越是难以自控。后来这个循环终于被打破了。有一天，我走进丹的房间找东西，却发现一大堆伪造我签名的纸张。这时我才发现他一直在偷用我的钱。他的电话费、电视费、几千元的支票上都签了我的名字。而且他说的他爸爸的事情，还有什么洛杉矶的熟人，全是假的。在我和我的心理治疗师事先练习了无数次对话之后，我去找他当面对质，然后让他滚出这个小镇，要不然我就报警让警察抓他。第二天早上他就走了。

  他虽然走了，但我仍感觉自己完了。送走他不仅没能让我松一口气，反而让我精神崩溃了。遭受重大打击的我简直一无是处，没法工作、没法创作。而且我甚至不能和人建立正常的关系了。我简直完了。

即使到了现在，要写下这些事情都让我觉得耻辱。这家伙走进我的生活，把我的生活搞得乱七八糟，而我把自己的精神问题全怪在他的身上，说他害了我并不完全准确，他只是暴露了我本身就具有的问题。我就像一个小孩一样生活着，像个小孩一样轻信他人。我完全缺乏生活技能，永远都需要他人的关心，从未培养过解决事情、应对困难的能力。我的内心世界比《三只小猪》里被大灰狼吹倒的草房子还要不堪一击，我简直就是个纸巾盖的房子，一阵恶言相向就能把我吹得灰飞烟灭。丹离开了博尔德，回到了他之前的地方（可能是洛杉矶，也可能压根不是），这时我可以毫无顾忌地崩溃了。

我求我的精神病医生说："求你了，让我住院吧。"

她平静地说："杰克森，你还没有严重到必须住院的程度。我觉得你现在只是太焦虑了。"

"不是这样的，你还没懂。我要疯了。让我住院吧。"

她说："我给你开点氯硝西泮，一种抗焦虑药物。"然后递给我一张纸。"不是特别焦虑的时候不要吃。一旦有需要，吃了这药就会没事了。"然后她瞥了一眼门，示意我离开。

"不是特别焦虑的时候不要吃。"好吧。这药不管吃多少都不太能缓解我的焦虑和抑郁,但太久不吃我就很慌张。身上没钱的时候,我会从咖啡馆打电话给女朋友,强烈请求她把药给我带来,不然我一分钟都撑不下去。

那段日子很难熬。有时她把药带来以后,就陪我坐在外面的凳子上等药起效。自第一次吃药之后的10年里,我的状态时好时坏,在戒除之前,我最清醒的时刻就是那颗药起效之前的45分钟了。在咖啡馆外,女朋友着急地看着我,怕我精神不稳定。

我还记得有次我抬起头来,看见女朋友在哭,而且那一刻我不是很在乎她的泪水。很多年后我问她那天为什么哭,她说那一瞬间她知道她已经失去我了。

她说得没错,几个月后我把她推得远远的。每次吃了药,我都觉得一切离我是那么远。爱和失落像是我心中熊熊燃烧的大火,要把我内心的小屋给烧掉。要想保护我内心的小屋,我就得先灭火。我的女朋友和我一起经历了很多,她为我做的事情比任何人都多,几个月后,她不见了。而我完全不记得她的离开。

但我没有受很大的影响。我终于解决了自己过于敏感的问题。接下来的10年里，氯硝西泮是我唯一的依赖。不管我之前多么生气、绝望，或者正在经历什么漩涡，我知道只要把药吃下去，我就能获得平静。而且这药是合法的，是医生开给我的。

所以10年后，当德米特里来我家拿走我所有的药物时，我没有把藏在床头柜、卫生间的氯硝西泮拿出来。毕竟这是我真正的"药"。

也许正是我这种躲闪的态度使得每个治疗师最终都放弃了我。

我的第一个治疗师是个很年轻的绅士。他很有幽默感，有老婆孩子，生活稳定，头脑聪明。他是很理想的治疗师。

我们见了三四次后，他就发现氯硝西泮是个大问题。有一天，他终于对我说："你不把该戒的东西戒掉，我们就没法进行下去。"

又来了。"托尼（Tony），该戒的我都戒了，我得说多少次你才会相信我呢？我不抽大麻、不喝酒、不用任何毒品，也不喝止咳糖浆（过量食用会上瘾），这些我都没碰。"

"这些都没错，但你还在吃处方药，而且吃得可不少。"

"我没有多吃，只吃医生规定的剂量。"实际上我有两个常见的医生，而且他们都不知道对方的存在。

"不好意思，杰克森，这可不算把该戒的东西都戒了。你不照做的话就只能另请高明了。"

这件事让我有些受伤，要不是当时和珍在一起，我可能就放弃了。因为珍希望我配合治疗，我希望她能看到我的进步，所以我又找了一位治疗师。但这个新治疗师的名字我都忘了，因为我们只见过一次，那次他直截了当地说："你把氯硝西泮戒掉再来找我。"

幸好这段时期一起做康复的朋友对我都很严厉，引导我、陪伴我度过了一个又一个艰难时期，尤其是肯（Ken）。他最终成为了我的治疗师。他们都说，如果我想戒掉所有东西，就不能再自欺欺人。为了争一口气，也让大家消停消停，我去看了医生，说明了自己的情况。

医生的办公室墙上有个水景，很漂亮。他听我说完之后，在桌子的另一头身子往前倾，略严肃地说："你吃过的氯硝西泮都够杀死一只犀牛了。"他还说我不能直接停用，否则的话就会痉挛而死，要循序渐进，但必须马上开始。

我向医生承认自己喝酒也比较多。他跟我说他不会不管我的，会一直监督我直至我回归正常的生活。他知道我还有个医生，叫我给那个医生打电话说不要给我开药了。看来这下是动真格的了。他的行动是我坚强的后盾，这也让我开始反思自己。正是生命中这一个又一个后盾拯救了我。

我给一起做康复的朋友分享了我的新进展，尤其是肯和珍（他俩互相很不喜欢，但总是伴我左右），他们对我的支持从没变过。

整个过程非常痛苦，幸好我有他们的支持。肯本人也有类似的经历。在接下来的3个月，精神上和身体上的折磨对我来说都是个巨大的挑战，而且最后3天的疼痛简直让人难以忍受。

治疗渐渐接近尾声时，吃最后一次药的前后几天可以说是我人生中最难熬的时刻。停止用药带来的痛苦简直比10年前的精神崩溃还可怕。每天我情绪大爆发的风险都在增大，而且我的反应也越来越剧烈，简直生不如死。吃氯硝西泮最初的12个小时，我呕吐了，然后喝了茶，珍放了块毛巾在我头上，说"很快就会过去的"。但当时我觉得这种折磨永远都不会过去。我不断出现幻觉，清醒地做着噩梦，期间还伴随数次呕吐。

过了4周，天黑的时候，我还是需要他人开车送我。因为如治疗师所说，这时期我看东西会有幻影，对光还不完全适应。在肯的不断鼓励下，我重新设定了康复时间，开始迎接人生中最大的挑战。

我带着全新的状态在3个月后回到纽约见了我的家人。我和父母的关系自从我开始用药之后就不断恶化，在彻底戒除的90天里，越到后面我越是难以忍受我的父母。两代人的隔阂比叛逆的青春期还要严重几十倍。不管我竖起什么样的墙保护自己，都会被他们打破。其实康复带来的变化之一，就是能让人更真切地体会到那些糟糕的感受，而且我发现父母身上的很多东西，我身上也有。这让我觉得很不舒服，我讨厌自己身上和他们相像的地方。我的父母既是这段关系中的作恶者，也是受害者，我自己也是一样。我想把情绪发泄到某个点上，但我又很困惑，这让我讨厌他们、讨厌自己、讨厌全世界。这种感受让人备受煎熬。

有一天，我和表亲一起外出吃午饭，在复杂、糟心的情绪之中，我开始很大声地谈起我的父母，说他们该这样做、那样做。

这时我的表亲很平静地看着我说："杰克森，你希望他们能做什么呢？他们都是70多岁的人了，你真的想改变他们吗？"

我很大声地说："我当然想改变他们！"我说这句话时声音很大，说完我俩都看了看周围，看有没有保安来把我们赶出餐厅。话一出口，我才发现这样的想法是多么荒谬。我没法改变他们，我在他们面前很无力。

这次谈话让我的怒火一下子掺杂了许多悲伤，我甚至陷入了郁闷之中。一周以后，在特别湿热的一天，我去了哥哥家里，因为我实在没法在父母家里待下去了。哥哥的身材保持得特别好，这让我感到心里不平衡。我不想拥有他的生活，但他拥有很多我已经永远失去的东西——好工作、好妻子。

在他家，我感觉自己像是电视节目的观众一样。我离开了哥哥家，准备回父母那儿。往车站走的时候，那股险些把我吞没的诡异气氛一下子消失了。他们在我的生命中经过，但我就像个彻底的局外人，无法想象他们的生活是什么样的。

到了公交车站，我蹲在地上等公车回父母家，然后好好睡一觉。这时我发现自己身上没钱坐车。天还突然下雨了。

我不仅和父母合不来，我的哥哥也过着我永远过不上的完美生活，现在老天爷还赤裸裸地嘲笑着我。（我把很多东西都看作是上天的意思。当时那场雨落在纽约几百万人身上，但我是唯一一个被这场雨击溃的人。）

我开始大声地自言自语，我还从未这样做过。我说着："我究竟要怎么样？我该做什么？"我脑子里响起治疗师的声音，也能听到那些受够了我的人说着："投降吧，你这个自大狂，投降。"

我有种冲动想要撕破衣服在街上奔跑，索性让警察把我抓起来。我还能失去什么呢？我几乎什么都尝试过了，现在我觉得好累。

把一切都交给命运吧。

我在第98号街和百老汇交汇的地方跪下了，我望着天，望着曼哈顿下着雨的紫色天空。我也不知道自己在干什么，我这辈子还从来没祈祷过。我现在也并非想祈求什么东西，我只想哭，我不想再愤怒下去了。我希望这场雨能将我洗刷干净。我想感受命运和自然的怀抱，然后平静地睡去。

肯常常对我说："杰克森，每天早上和晚上你都应该跪在地上，不用祈祷，只做这个动作就行了。用这种形式保持谦卑，不要觉得自己是宇宙主宰。"我照做了，我放弃了抵抗。

我投降了。

我多想说这是我人生中的第一次下跪,把自己推到边缘后不得不投降。我一生中投降的次数数不胜数。这几年来我不断挣扎着,但最终还是放弃了。我只能承认自己无法控制一切,但这种感觉很好。

当脆弱的我抱着一颗投降的心回到博尔德后,观察这个行为不再是一种超然、客观的好奇,我能够切切实实地感受到自己看见的东西了。

我对冬令时一向十分敏感。11月上旬某天的晚上7点,天很早就黑了,我看东西很困难。如今的我很喜欢四季分明,喜欢科罗拉多的冬季。但与黑暗战斗的4个月是我必须挺过去的难关。有一天我做了4次顾问,这让我有种在做全职工作的错觉,但这也让我累极了。这几个顾问工作都不轻松,我花了很多工夫思考和观察那些猫。回家后,我把包往门口一放,近乎站立着就陷入了昏迷状态。本尼一脸懵懂地走了进来。就和几周前一样,思考过度后,我又一次跪在雨中。我感到本尼好像变了。

还是我自己变了呢?

我告诉自己,别想太多莫名其妙的东西。

这时泪水从我眼里流了下来,我不想眨眼。电视机还在叽叽喳喳地响着,一般我开电视都是为了猫,电视声音正在分散着我的注意力。这时我根本不愿意动,害怕现在这一切就是一场会醒来的梦。这时我看见本尼,我能感到它也在看着我。此刻,我眼前的一切都像《黑客帝国》(The Matrix)里的慢动作一样,我感到自己什么都能做。本尼不仅仅是我养的猫,也是个像我一样困惑、受挫的生命。这与我对父母的感情相反,我讨厌我和父母相似的地方,但我庆幸我和本尼有那么多相似之处。当我们两个失败者互相看着对方时,我的心中没有仇恨、愤怒、迷茫。

这时我能看得更清楚了。

我和本尼与周围的环境有些格格不入,行为不讨巧,被相同的难题困住。这就是同情与共情的区别。不管多么关心一个人,只有在对方身上看到自己、在自己身上看到对方的那一刻,彼此的世界才能清晰起来。

我坐了起来,本尼扭头走开了。这时我仿佛大梦初醒,羞愧难当。我一直以来都是以那么自私的视角看待本尼，拿人类的标准去要求它。这个标准对猫来说无所谓高低，而是完全没有意义的。现在我总算清空了脑袋里的那些糨糊，原来我从未真正理解过本尼，现在我感到既恐惧又羞愧。我一直都嘲笑着它那副没睡醒的样子，但它这么多年来都在见证我的生活，而且直到现在我才理解它的挫败感和焦虑有多深。

本尼走进客厅的时候，我哭得像个婴儿一样。我感到很悲伤，一直抽泣。自那以后，我再没这么哭过。我让本尼到我身边来。要让一只猫原谅自己绝对是毫无意义的行为，我们都只能往前走。如果猫挠了沙发、在地上撒尿，人只能选择不去计较。如果你感到自己把一些过于简单粗暴的形象套在了动物身上，现在去纠结也于事无补，只能向前看了。这时我不顾本尼对拥抱的厌恶，紧紧抱着它。我心想，就让我好好抱你一次吧。

那一刻没有尴尬，只有新生。从这时起，我会按照它原本的样子去对待它，而不是把它当成一个生理结构不同的人，这时它也给予了我回应。后来的几天，我开始重新认识了它。我观察着它的每一次抽搐，把它当作一只我从未见过的猫，为它打造一个真正属于它自己的故事。就像我刚开始学表演的时候，我会问很多问题：这只猫的内心是什么样子的？它在和我接触之前和之后发生了些什么变化？它要去哪儿？它留下了什么？为什么它要把胸口挺得那么高？为什么它的肩膀有气无力地往下吊？

我从自己的观察中发现了一个完整的故事。在我眼中，它每次醒来，都要先想想真正的自己是谁，并且确认自己能够控制一只猫。通过和本尼的交流和为它布置新环境，我才发现了这一点。对它来说，一天中最重要的事情就是"一切如常"。每天它都要弄明白怎么宣示自己的领地并舒适地在领地内活动。我用它能适应的方法渐渐引导着它。我尽量保持每天的一切都一模一样：食物、猫砂盆、它与我和薇罗莉亚的关系。晚上，我偶尔让它代替薇罗莉亚到我床上，我发现这样对两只猫都有好处，它们能懂得在不同时间分享彼此的至高领地——床。每天关灯20分钟后，薇罗莉亚就会让位于本尼，自己跑到这张大床的床脚去，然后这天的任务就全部完成了。

每天重复这些事情听起来很复杂，但我也渐渐地习惯了。

家里地方大，我时间也多，这让我的观察力越发敏锐。在本尼和薇罗莉亚身上有了新发现后，我都会在做顾问工作时通过其他猫验证一下我的发现。我和这些猫是如此心意相通，以至于我的内心找到了一种新的平静，这个阶段的我甚至能知道猫下一步要做什么。但对本尼来说，我必须要以另一套常识去看待它，我要用自己演员、艺术工作者的一面去和它接触。随着和本尼这样的沟通越来越多，我对其它猫也越发得心应手，而且是真正地站在猫的角度上去思考，而不是从人的狭隘眼光去判断。如今的我正是以这样的方式工作着。我会发掘出各种各样的线索摸索出一个故事，然后告诉客户这个故事及有关猫的行为知识，使其站在猫的角度去理解猫的行为。这样能使人与猫的感情更深，也创造了更多解决问题的空间。

我头脑更加清醒了，情绪也回归正轨了，这让我能够在动物需要我的时候成为它们忠实的翻译和守护者。

但我对这份责任还隐约有些恐惧。

原　谅

猫的短时注意力长度不超过3秒。所以猫很难形成纪律，在你遇到一些棘手的行为时，可以采取以下方法：

- **行为发生时：** 冷静下来、收拾残局、原谅、照常生活。这时做任何其他事情都会破坏人与猫的感情。
- **行为发生后：** 通过对以往不端行为的了解，逐步形成一套长期的行为计划。

酸甜苦辣

食物上瘾是个很不光彩的事情,会让人很难堪。这是人最原始的欲望。我6岁的时候当然不会抽烟喝酒,但已经会大吃大喝了,大吃大喝让我感到非常满足。我聊过自己的第一次面试,聊了和其他上瘾者在一起时我所看到的不堪的自己,但对食物的不节制,我还是羞于启齿。甚至可以说相比之下,酗酒和用药都显得更好开口一些。

搬出贝丝住的公寓,我是第一次自己一个人住。我以为搬出去会让我感到自由,但其实一个人住不过是将我与他人隔绝开来罢了。这种情况很容易使上瘾的人更加不懂节制。和女朋友分手后,我离开了乐队,离开了朋友,也没在收容所工作了。

我开始独自工作，办公室就在家里。有时，我连澡都不想洗，或者离开公寓四五天才回来。这段时间我没有喝酒、吃药，但也没有参加任何康复项目。

虽然没有喝酒吃药了，但我总得做点什么来填补空虚。我似乎是突然之间开始疯狂进食垃圾食品的，有时我吃得都有些麻木了。有一次我刚买完快餐开车离开，却想不起自己是怎么走进快餐店的。当时我对此满不在乎，慢慢就把自己给吃胖了。早餐我吃的芝士双层汉堡总共包含1061卡路里/68克脂肪。午餐一般要吃2个芝士双层汉堡，再加1个鸡肉三明治（750卡路里/45克脂肪）、1份奶昔（760卡路里/24克脂肪）、2份薯条（500卡路里/24克脂肪）。午餐总共是4632卡路里/253克脂肪。但直到现在，我才开始计算自己摄入的食物的卡路里和脂肪。

而晚餐我差不多也吃这么多。

我家里的镜子都只能照到脖子以上，所以我也很难注意到自己越发肥胖的身躯。之前有一次家里要消毒，必须要重新布置。那段时间正好凯特和她老公出门去了，我就把猫放到凯特家里去了。因为我怕猫待在家里会不适应领地被改得面目全非，在凯特家里，它们还有尽情玩耍的空间。

本尼很喜欢看人家玩，每次薇罗莉亚发疯的时候，它就在一旁静静地看着。薇罗莉亚是个精力充沛的小猎手，喜欢蹦蹦跳跳，我有时也会扮演它的猎物，本尼则总在一旁专心看。

有一次在凯特家里，我把玩具甩到远处，然后薇罗莉亚像芭蕾舞演员一样高高跃起抓住。我实在是陪它们玩累了，就坐了下来，薇罗莉亚叼着自己的战利品跑开了，本尼也在一边看着。

这时我瞥到了什么东西。桌上的台灯照着这间房间，一对双扇落地玻璃门把这间屋子和地下室的其他地方隔开了，所以屋子里有些黑。玻璃门是关着的，台灯的灯光把我和本尼的影子映了出来，但我只认出了本尼的影子。

我看了看自己的影子，心想："这是谁？"这么多年，我苦苦保持着自己在这俗世中的本色，现在我竟连自己的身体都认不出来了。

我感觉自己好像要被什么东西吞没了一样。郁闷的情绪突然涌上心头，脑袋也像被重击了一样。我突然望着食物说："得了，就这样吧，我不想挣扎了。我才不会节食。减掉一些体重，之后只会长得更多，反正也减不下来。我的人生总会被什么东西击垮，如果是食物的话，那我就认了，不管那么多了。暴饮暴食会害死我？不管了。反正我也是行尸走肉地活着。"

过了9个月，我又长了70多斤，重达360斤。

这个时候我和琼已经共同经历了很多东西。但再合拍的人也有分道扬镳的时候，我相信一起创业的伙伴都有类似体会。我们在一起的时候太多了，每一次决定都是共同做出的，每一分钱也都是一起花的。我们对产品和理念的看法从来没有相左过。但在她恢复的这段时间，我心里渐渐积愤，觉得她并没有尽到自己的力量。有一次我太累了，面前放着改了3次的公司宗旨声明，然后坐在那里睡着了。"花精"是一种能量药物，如果在制作过程中，制作者带着一种有毒的情绪，物品必然就会受到影响。我意识到这个问题必须要解决了。

有一天做完顾问回家，我正准备摸摸本尼的时候，它一下子就从我手里躲开了。过了30秒，它就吐了。然后更诡异的事发生了，它竟然一直往墙上撞，白沫从嘴里飞出来。我这辈子还从来没见过这种景象。

我赶紧带上本尼上了车，一路狂奔到了附近的24小时诊所。它一直吐着白沫子，我非常恐慌，但还是一直和本尼说话，一只手放在它的身上。到了诊所，工作人员把它放到桌子上，它看起来快死了。

兽医对着我和另一个工作人员说:"这到底怎么了?"

我说:"我不知道。"

另一个工作人员也说:"我不知道!"一边说一边往本尼身上插管子,但是插不进去。这时本尼的抽搐让人心痛,而且医生竟然都不知道怎么回事。

我结结巴巴地说:"它几周前去看了牙齿,它的麻醉效果消失得特别慢,而且有好几天都不太对劲。"

兽医说:"难怪。那说明它心脏有问题,一定是心脏病发作了。"

然后本尼就一动不动了。

兽医马上打了一针肾上腺素,但它又开始吐白沫了。

我还记得当时在恐慌和绝望中,我问本尼:"你想不想放弃?"然后它停止了抽搐,死死盯着我的眼睛。我知道它是在告诉我,它还没准备好离开这个世界。我也不知道自己是怎么明白它的意思的,但我就是明白。这时兽医说可以放弃了,我说:"不,继续。"

兽医觉得我疯了,但我们还是继续忙活了几个小时,试图挽救本尼的生命。兽医一直跟我说:"是时候说再见了。"它一次又一次地昏过去,我们一次又一次让它清醒过来。有一段时间，它在氧气舱里休息，我出去抽了根烟，简直快要崩溃了。经过6个小时的折腾后，我终于想起来我可以向一个人寻求帮助。

其实在紧急时刻我能寻求的人很多，比如我生活中的朋友、康复认识的朋友、治疗师、乐队的人、收容所的同事、认识的兽医。但我就是丧失了求助的思维，这就是典型的上瘾者心态——隔绝。哪怕去参加派对的时候，我也感觉自己只是自顾自地疯。现在我的生活渐渐回归正轨，但已经习惯了孤家寡人。珍已经因为我之前混乱的生活和我分手了。

但我逐渐想起来，我还可以打电话给琼。我内心不是很乐意，因为自从我觉得我们的合作已经岌岌可危后，我便希望我们之间的关系仅限于工作上的来往。但那一刻，我觉得没有她我很迷茫，不知道该怎么办，我需要她。于是我给她打了电话，而且她在15分钟之内驱车3公里赶到了我身边。

后来事情的发展完全出乎意料。

琼走进来看了看本尼，包都没放下就对我说："我觉得不是心脏病，可能是噎着什么东西了。"听她说着，我觉得这一系列奇怪现象说得通了。

兽医说："绝对不可能。"

我问："就不能照个X光核实一下吗？"

"它现在是心脏出了问题，这很明显。这种情况下照X光会让它没命的。"我和琼说什么都改变不了她的想法。

过了会儿，她的轮班时间终于结束了，另一个值班的人走进来替了班，他看了看本尼说："我也不确定这是怎么回事，有可能是心脏问题，有可能是噎着东西。但什么都不做的话，它肯定会死，还不如照个片子看看，搞不好能救它一命。"

于是我们照了X光，果然是噎着东西了。本尼的个头不大，体重一直是6斤多。我很庆幸X光片帮我们找到了原因。我看了看片子说道："这是个小玩具车吗？"看来它吞下去的东西不比它的身子小多少。

琼说："不管是什么，都要马上取出来。"

值班的兽医轻声说："我们这里没有内窥镜。"因此，我们现在唯一的选择就是去40公里外的另一家动物医院，叫醒那里的外科医生（当时已经凌晨1点了）。

问题是现在本尼特别害怕，如果把意识清醒的它放到车后座上，它可能就真如第一位兽医所说会"心脏病发作"了。所以我们必须给它点镇静剂，但不能给它打麻醉，因为氧气舱在我那辆小破车里实在是没法运作。我们用静脉点滴给它打了镇静剂,还给它插了管。然后琼坐到了后座,一手抱着猫,一手拿着导气管,有节奏地挤压着管子,让本尼可以呼吸。我坐到驾驶座上飞快地出发了。琼一直在喊着:"开快点!开快点!"因为当时我们通过静脉打的镇静剂只能保持20分钟效果,本尼要是醒来就很危险了。从博尔德到惠特岭的40公里路,我只开了12分钟就到了。

我们到那儿以后,琼跑进了医院前台,把袋子里的本尼放在台子上说:"这只猫要马上做内窥。"

前台那男的说:"我们这儿得先——"

"马上做内窥!"琼完全爆发了,这世上没有谁能违抗她的要求。

她带我们进了手术室,看着医生把内窥镜顺着本尼的喉咙灵活地插了进去,我们看到了里面的东西——一个毛团。

那是我迄今为止见过最大的一团毛。现在我脑海里都能回忆起那个画面,我真该把这个画面给裱起来,毕竟是付出了这么大的代价才看到的。

很快,医生取了一团毛出来,本尼渐渐恢复了血色,开始呼吸了。然后医生又取了一团出来,就是那块最大的。本尼待在医院恢复了3天，身体慢慢恢复了正常。最后总共花了3600美元，我现在都还记得这个数字，因为那天我决定不管花多少钱我都要救它，舍不得钱就救不回本尼。我尽到了主人的责任。这时我才真正感觉到，除了身体戒掉药物以外，我的心灵也终于没有负担了。

第二天，我和琼聊了很久，我的积愤早已烟消云散，我的内心满是感激。感激她是这样的一个人，感谢她为我的生命带来的一切。我们的关系也有了变化。现在我才想起她对我的人生有多么重要，是她让我在离开收容所后进入了人生的新阶段并一直引导着我，而且如今的我也终于意识到人生中最重要的究竟是什么。现在哪怕我们的生意渐渐萧条，我也不会害怕，我要为了她而努力。我也想证明，她最终把"花精"和"小猛兽"交给我是值得的。她认可了我的想法，公司是我一人所有了。我不再因为"为她工作"而愤恨了，因为现在我要为我自己工作。

我的生活几乎只剩下了食物，每天嘴巴一刻都没有停过。有时嚼着嚼着就睡着了，我自己都不知道竟然还能这样。我总是在家里囤积大量食物，省得随时出去买。晚上买薯条的时候一般都是买4份，2份马上吃，2份留着当夜宵。

周围人常对我提些健康建议，但我都充耳不闻。

有一次我妈打电话问我："你今天准备做什么？"

我说："我本来打算去超市的，但今天我穿不了鞋。"

电话那边停顿了很久。"只是今天吗？你说具体点？"

"有时候我的脚变得比平时大，鞋子穿不进去，我就只能打赤脚。"

我妈小心地说："亲爱的，你这是水肿，可能是你的心脏有问题。你得马上去医院检查检查。"

去医院对我来说太麻烦了，所以我说："我明天去吧，妈妈。"

她很慎重地回答我："不行，马上去。"

"今天是周末，我只能去急诊科，我没那么多钱。"

我听到她清清楚楚地说："亲爱的，我不管那么多，去医院。"

她就是不准我拖延，所以我还是去了医院，查出来确实是水肿。现在我的脚上都还有印记，能看出来当年肿得多么厉害。

我回家时，家里人从没对我说过："你胖了。"但我爸（他有糖尿病）总想给我测血压。我会嘲笑他说："爸，这简直是老年人的作风。行了,我没事。"有一天早上7点钟,我终究还是没躲过我爸的血糖仪。那天我刚起身就看见他站我房间里,我被吓到了,然后说:"好吧好吧,测吧。"

他说:"谢谢。"然后开始测。测完以后,他看了看,突然脸色就变了,因为数值是400,很高。他一边为我的健康担忧,一边忍住到了嘴边的话:"我跟你说什么来着。"看来不是我爸疑神疑鬼,我确实有糖尿病。

但我还是什么都没做,情况越来越糟。每个人都有一个体重极限,一旦超过,身体就会发出警告。这时如果再不加呵护,身体可能就要罢工了。

有一次带本尼去看医生时,一位朋友(她的老公有睡眠呼吸中止症)跟我说:"你现在有点太胖了,从你的眼睛都看得出你每天要喝很多咖啡才能保持精神。你得去做个睡眠检查。"

我翻了翻白眼,言下之意是:"我可没那闲工夫。"

"你知道这种状态是可能死人的。"

我说:"我知道。但我真的很忙。"

我当时确实回答了这种不着调的话。

虽然我表面逞强,但还是做了睡眠检查。结果发现我睡觉的时候有一半的时间都没有进行呼吸。而且在屏住呼吸的时候，我是没法进入快速动眼睡眠①的。所以很长时间以来，我根本没有得到有质量的睡眠。医生诊断出我有睡眠呼吸中止症时，还建议我用呼吸机，睡觉的时候都得戴。但大多数时候，我都把那个不舒服的玩意给扔地上了。

我的血压特别高，而且还有痛风，所以我基本上都待在家里，要不然就拄拐杖。有一天晚上我去超市，过马路的时候，一辆吉普车突然急刹车停在我面前。这辆吉普车引擎不断轰鸣着，打着车前灯，极不耐心地等我通过。这时驾驶吉普车的高中生对着我吼道："走快点，你个死胖子！"我一跛一跛地推着手推车，看了看旁边的陌生人。那个女人看向我的眼神里夹杂着厌恶和同情。要是以前我大可以自信地和她搭话，现在我只在她的眼里看到一个肥胖、虚弱、孤独的自己。

网上约会这种东西似乎就是为我这种人发明的。在网上不用离开桌子就能到处和人聊天，这让我很开心。我花了很多

---

① 在睡眠过程中有一段时间，脑电波频率变快，振幅变低，同时还表现出心率加快、血压升高、肌肉松弛、阴茎勃起，最奇怪的是眼球不停地左右摆动。为此科学家们把这一阶段的睡眠，称为快速眼动睡眠，又叫异相睡眠，也有人把它叫作积极睡眠（active sleep）；把快速眼动以外的其他睡眠，称为慢波睡眠，又叫作安静睡眠（quiet sleep）。

时间浏览网页上的人，一边幻想又一边担忧。有时我会跟本尼说："看啊，这个说不定就是我命中注定的另一半。"薇罗莉亚没那么关心这种事了，所以我没和它说什么。

真要约出来见面的时候，问题就来了。其实我见了很多女人，并不是所有人都排斥我的体重问题。可惜的是，我总对见过面的人不太满意。并不是说对方不嫌弃我就行了，两个人在一起还是需要相互吸引。我花了整整6周的时间在网络上与人交流，认识了好些不嫌弃我体重的人，但最终还是没能遇到合拍的，这种感觉很糟糕。

吉尔（Jill）和我见过的其他人都不一样。和她在一起，我不用使劲介绍自己的艺术经历，不用吹嘘自己，她不在乎那些东西。和她在一起只有欢笑，还有两个人想要在一起的心，这两样东西真正唤醒了我的内心。自从在网上认识以来，我和吉尔从来不缺少欢笑，而且是那种边流鼻涕边跺脚的大笑。我觉得她就像我的家人，是一个让我感到相见恨晚的人。她根本不在乎我300多斤的体重。她有家人、朋友、稳定的工作，性格也很温柔。她在洛杉矶市外的雷东多海滩经营遛狗和照看宠物的生意，还在一个加油站旁边开了个酸奶店。她本人一直以来都把重心放在动物的工作上。

我们第一次见面是在拉斯维加斯。选拉斯维加斯见面是因为即使我们相互没看上，也可以尽情玩一玩，打打牌、吃点自助餐什么的。因为两人聊不到一块的话可能会很尴尬，我和我的朋友艾米（Amy）商量了一个离开的托辞，如果到了规定时间，我没跟她说一切顺利的话，她就给我打电话，说本尼生病了，我必须马上回去。以这样的理由离开吉尔她应该能够接受。

不过我最终没有用到这个计划。我们的见面充满了欢声笑语，而且还共度良宵。这下可太好了，要是我必须做胃绕道手术的话，我就有值得信赖的人陪伴我渡过难关了。

在我的肥胖之苦不被理解的这段时期，本尼好像同情我似的，也开始出现饮食问题。

它有时突然就不喝水了，而且这和它口渴与否无关，不管我怎么做，它就是不喝。本身它拒绝吃湿粮就已经很让我火大了。但它的身体毕竟需要水，光靠食物那点水分是不够的。它随时都处于缺水状态，掉屑、脱毛过多，毛色也变得黯淡了。有一次，它的碗都放在洗碗机里了。它就跑到我喝水用的玻璃杯旁，完全被水的折射和荡漾迷住了，然后喝了一口里面的水，过了一会它把整个头都埋到杯子里大喝特喝起来。我马上就去外面的商店买了很多有类似效果的盘子。我在家里到处放置着这些盘子，希望本尼能多喝点水，也多拥有些领地，早点形成喝水的习惯。后来如我所料，它开始用那些新盘子喝水了。但本尼还是保持着它的古怪作风，只要我把任何一个盘子的位置稍微挪动一点，它就干脆不喝水了。所以在前几周，我用胶布标记放了盘子的地方，免得忘记，后来桌子边上、床边、床头柜，整个公寓到处都贴满了胶布。

之后本尼又开始扯自己身上的毛了，而且比以前程度更甚。本尼越是执着于此，我越是搞不懂它，搞得我都已经有些生气了。我不可能对它这些近乎自残的行为置之不理，这快把我逼疯了。有些异常行为是可以不去理会的，但它现在的动作会在它身上留下伤疤，还会出血，它是在伤害自己。有时候看到它在扯自己的皮毛，我就会想法让它停下来，然后清理它身上和地板上的皮毛。奇怪的是，它居然看起来有些羞愧。

我知道自己的想法完全是从人的视角出发的，但又不知道为什么好像和本尼产生了很强的共鸣。后来我想明白了，本尼的这种反应让我回忆起那个开吉普的小孩叫我死胖子的时候，身旁那个漂亮女人的表情，那个表情似乎是带着同情说："你何必非得变成这样呢？"我望向本尼时正是这样的感觉。我和本尼就像一对难兄难弟,如果我不先帮助我自己,就没法帮助本尼改善它的强迫行为。我必须以身作则,说到做到。我总是跟领养宠物的人说,人处于一个家庭能量的顶端,一个人的压力会影响到他/她的伴侣和孩子,也会影响到家里的动物。如果大家共同生活在一起,每个人都得检查自己的精神状态,不然就会影响到他人。现在的我就影响到了本尼,我必须认识到这一点。

从安排手术到真正做手术之间会有一段很长的等待期,这期间必须要进行心理评估并参加一些课程。在定下手术时间之前,我参加了一个暴食者无名会①。但找到组织的我体重反而增加了一些。在手术前10周,我必须参加必修课。必修的意思就是说,哪怕缺了一堂课,医院就不给做手术了。

第一节课的前几天,我给吉尔打了个电话。"我有点儿……我感觉胸口有点紧……"

她说:"你想说你胸痛吗?"

"我说的不是胸痛。我是觉得……气管不太对劲。"

---

① 自愿组织,其宗旨在于自助或互助戒掉一些不良嗜好。

"你的脚怎么样？穿得进鞋吗？"

"穿不进。"

"你得给医生打个电话。"

又得找医生了，找医生对我来说太麻烦了。"我真不想给医生打电话。"

但她还是以一副女朋友的姿态催促我去找医生。我给医生打了电话，他一听到"胸痛""脚肿"——我感觉电话还没挂就能听到他招呼救护车出发的声音。这下我的肥胖简直让我难堪到了极点。当时我人在3楼（没有电梯的房子），医院的人是不会让我走下楼梯的。我是坐在轮椅上被推出家门的。

我在医院待了3天，第一天晚上，医生为我做了一个睡眠检查。第二天早上，他拿着心电图数据走了进来。

他说："看到这线了吗？"

"看到了。"

"这就是你的睡眠状况。"

"嗯。"

"看到这个地方了吗？"

"看到了。"

"你的心脏在这个地方停了37秒。"

我的心脏重重地跳了一下。

"我死了一会儿?"

"更像是休息了一会儿吧。"

"我休息了一会儿?"

不管用什么说法,那37秒我濒临死亡了。也许当时我都看到人死前才能看到的白光了。

在医院的第3天正是必修课开课的第一天,我让乐队的鼓手开车来接我去上课。

我手腕上还戴着医院给我挂上的环,和其他40多个人坐在一起。他们的脸上都缺乏生气,个个看起来情况比我还糟糕,就像德米特里描述圣诞节那天的自己一样失魂落魄。但现实就是,我们这些人都半死不活了。在这个房间里,每个人的脸上、小腿上、脚踝上的血管都清晰可见,每个人都带着拐杖、步行器、氧气设备。我们这些人都因为食物损害了自己的健康,但只要我们能虚心学习,改掉不好的习惯,不再碰垃圾食品才能继续好好活下去。

我的胃部手术是通过腹腔镜做的,也就是说我的肚子没有被划开。医生用旁通管取代我的胃(我的胃在做手术前已经和小西瓜一样大了）和一部分小肠，然后在髋骨上创造一个鸡蛋大小的"新胃"。（这样做有一些奇怪的副作用，比如，每次吃饱之后，食物没有在"肚子"里，感觉特别怪。如此一来我也不觉得胃痛了，因为没有胃酸。但是食物吸收得不太好，吃饭后还得通过其他东西补充营养，每天要补充100克的蛋白质，钙和铁都要从别处获取，但我一般都执行得不太严格。）

  我回到家，坐在电视机前开始哭。其实说起来很可悲、很糟糕，但我一边哭一边对本尼说："我想吃个火鸡三明治。"而且我在反复不断地说着这句话。当时我真的好想吃个火鸡三明治，而且我突然觉得自己这辈子再也吃不着火鸡三明治了。然后我犯了个错，我给吉尔打了个电话。她绝不会说"没关系，亲爱的，想说什么就说吧，没事的"这种话。她来自一个北达科他的德裔家庭，他们不相信眼泪，而我恰恰就把电话打给了这个最不合适的人选。

  后来的日子，不用说，我的体重开始减下去了。7个月的时间，我减掉了90斤。但这样减肥真的会破坏身体，也会破坏我的自我认知，因为体重减下去我就再也不是大伙所说的"大家伙"了。而且我掉了很多肌肉，头发也完全变灰了，但终究是比过度肥胖要好。

我刚戒掉酒和药的时候,差不多有2年时间我不能在电视上看吃药和喝酒的镜头了。那些镜头会刺激我,让我做梦都会梦到酒和药。有时早上醒来嘴巴里仿佛还有酒的味道,但梦到食物就不一样了,因为人很难觉得食物是什么不好的东西。所以克制食欲比戒酒更难,因为人每天都得吃东西。

现在我的计划没有当初那么狠了,也长了些体重回来。而且我发现戒烟对减肥一点用也没有。不过我现在身材还算过得去,让我坚持下去的动力就是看到那些减掉些体重的人最后完全回归到以前的样子。肥胖真的能把人折磨死,上瘾始终是个很难改掉的东西。我知道有一个人在手术的2周后(这时候只能吃流食),把芝士汉堡放进搅拌机里搅成糊糊,然后带到公司去。他和朋友去吃饭,会带很多盐饼干。吃完饼干,再喝点苏打水,"小胃"就能胀起来,这样就能吃流食之外的东西了。然后他会一次又一次去厕所吐掉,再吃。总之,手术是不能消除人的瘾的。

这就是瘾,这就是上瘾的人。

手术之前,我照了张照片,照片里的我虽然在笑,但其实我的脸上带着一种我再也不想见到的挫败和悲惨。我见过自己其他傻乎乎的照片,但我唯独不能忍受这副因食物而导致的惨状。我觉得要是我不控制自己，体重增个50斤，估计就再也减不下去了，因为我会接着长一两百斤，然后害死自己。我不想夸大其词，但如果再长回360斤，再遭那种肥胖罪，我绝对活不下去。我再也不要回到那个样子了。

糖和香料

做完手术后,我接到的第一个电话来自波士顿一个叫菲尔(Phil)的律师。我也不知道他是专攻什么领域的,但他挣的钱绝对不少。在自我介绍后,他就不辞辛苦地描述了他的豪华宅邸,让我感觉自己像个乞丐似的,接下来他才说到了重点。

菲尔有只猫,已经养了一阵子,叫"糖"(Sugar),现在他添了只新猫,叫"香料"(Spice)。香料是只小猫,很可爱,以前在他住的街区游荡,他费了一番功夫才把它带回家。但糖总想害死香料。

隔 离

永远实行场地交换是个有争议的方法。大家都觉得，难道猫不应该公平地享有家里的空间吗？在理想世界里，它们可以，但现实有时不那么理想。

- 在现实世界里，有些猫相互之间就是无法共处，人类也无法逼迫它们相亲相爱。如果两只猫都想留下，就要严格地控制好空间。如果某天和某只猫一起睡，第二天就换另一只猫。
- 在猫的世界里，分开是没问题的。在两只猫无法共存的情况下，如果不把它们分开，就只能考虑为其中一只找个新家。
- 关键在于不要考虑怎么做对自己最好，而是怎么做对猫最好。

菲尔坚信（在听了他的描述后，我也认为他的看法没错）我在博尔德是帮不了他的。所以他说："我会给你买头等舱的机票，给你订酒店的豪华套间，再给你1200美元的劳务费。你只需要待一个周末，求你走之前帮我解决好这个问题。"我还从没接过这么多钱的活，我这辈子挣得最多的一次也就200美元。这次我能用一个周末挣1200美元,而且是从事我热爱的工作,而不是推车搬石头。光是想想这一点,就能让我坚信自己走在了正确的人生道路上。

于是,我去了波士顿。他在洛根国际机场接了我,带我去吃了顿晚饭。菲尔颇为无奈地向我介绍了大致的情况。他很看重这个问题,而且这段时间,他的婚姻也给他带来了很大的压力。他妻子不懂为什么就不能给这只可爱的小猫找个新家,但他坚持认为这个问题是可以解决的。现在他给我的感觉就是,他把一切都压在我身上了。我们坐上他的那辆豪华漂亮的白色奔驰车去了他家。

到他家以后,在和猫单独相处之前,我让他们两口子带我看了看他家。他们家很大,而且没有堆一些乱七八糟的东西,显得特别宽敞。他家一眼望去处处是干干净净的线条和白色的色块。他家在一个漂亮的高尔夫球场上,周围除了这座住宅什么都没有。

和猫一起待了10分钟后,我没有取得太多进展。他觉得糖希望新来的香料死掉,一般面对这种猜测,我这种乐天派会说:"如果糖真这么想,香料就已经死了。"可问题是菲尔一直都把它们分开,按时给它们交换场所,互不相见。这样的话,哪怕糖确实想干什么坏事，它还真下不了手。所以它的主观意图还很难说。菲尔不管说什么总是想要营造一个良好的家庭氛围。

在那儿待了一整天后，我几乎尝试了所有的技巧来让两只猫重新认识，但收效甚微。我现在有些黔驴技穷了。我知道很多行为学家、兽医、医生、老师和其他职业的人都会渐渐失去自己的灵感，他们通过电话或者邮件完成工作，对电话那边的人说："好的，你的问题是这样，你可以这么做……"他们只是在背诵自己说过很多遍的话而已。我不能允许自己在不断重复的过程中走下坡路。我已经拿出了看家本事也于事无补，只能不断尝试新办法。眼下的情况不仅要了解猫，还要接纳各种各样的情绪。此时，人的心理和猫的心理一样重要。

那晚我给肯打了电话，我跟他说："我什么都试了。"

"你不必那么费劲。你应该知道，不管你多想控制这个世界，动物都不会在乎。"

"不是，我真的把知道的东西都试过了，但那两只猫就是不愿意待在一起。"

"杰克森，那两只猫就是不想待在一起。老天爷就是不让你把它们硬凑到一起，你办不到的。它们相互看不顺眼，而且也希望他人知道这一点，但没有人仔细倾听过它们的心声。"

我不想接受他的这个说法。和菲尔一样，我也在脑中描绘了一幅菲尔夫妇和两只猫幸福生活的画面，无论有多么困难，我也决心要实现这一幕。我想出一个通过食物来让它们重新认识的计划，它们配合得不错。其实它俩隔着一扇门，距离不到一米，彼此也没有很大意见。但一旦打开门，糖筒直就要把香料给杀了一样。它会在这个大房子里疯狂追逐香料，而我则气喘吁吁地跟着上楼梯、下楼梯、进车库，接着跟丢，然后听到香料的尖叫声再重新找到它们。

猫的重新认识

两只猫发生争吵的时候，要使它们重新认识需要用到正向联系——简单说就是吃东西。

- 隔着门喂两只猫，让它们知道只有吃东西的时候才会闻到对方，也只有闻到对方的时候才有东西吃。久而久之，它们可能会想："嗯……也许那只猫也没那么糟。"
- 慢慢把两只碗放得近一些，直到它们之间只隔着一扇门。最后再打开门让它们看到对方，这样就能取得很大进展！

第二天，我和糖一起在一间大浴室里待着。香料则到处乱跑，它还是只无忧无虑的小猫。糖在一角的猫爬架上投来不愉快的眼神。我开始用绝望的声音跟它说话："猫咪呀，我简直走投无路了。你爸爸给了我1200美元让我来，但他还不知道我现在已经没法子了。你得帮帮我啊，你就和这只小猫好好相处吧。可恶。"

然后我打开浴室门让它出去了，我以为它已经和我站在统一阵线上，但糖一看见香料就打破了我的幻想。我只能跟在后面跑上跑下，直到香料被逼到餐厅角落的桌子下。

更糟糕的是场面越混乱，菲尔就越崩溃。最后他压力大到开始影响我的工作了，我让他先离开屋子。他去外面散步的时候，我和他的妻子杰西卡（Jessica）继续努力着。只有我和杰西卡在场时，两只猫的情况好了许多，它们没有马上变成死党，但是气氛明显变了。然而当紧张兮兮的、忧郁的菲尔一回家，气氛马上又变了回去。

我们先前的努力彻底白费了。

最终我跟他们讲了一些方法，告诉他们有哪些选择。但我也跟他们说了，在我看来，这两只猫根本不想生活在一起，我不可能强行改变这个现实，谁都做不到。我觉得如今的我能够理解这样一个道理：这一切与我个人的成败都无关，猫和猫的需求才是真正的重点。在以前的顾问工作中，当我感到事情不妙的时候，就会直接放弃，把事情敷衍一遍后就不再去过问。但现在所有无法克服的难题我都不得不去面对，因为它们就摆在我的面前。

我建议他们把两只猫分开。

菲尔说："不可能。我不会这么做的。"

我没把握地说："好吧，你也可以继续照我的方法尝试，但是……"我没有勇气告诉他，他现在正把自己的自尊心带入这件事情，就好像有些人在孩子面前逞强，或者利用宠物、房子来承载自己的骄傲。用房子来建立自尊当然没什么，但没人能强迫其他活生生的生命活成自己想象的样子。

差不多6个月之后，菲尔给我打了电话，说杰西卡已经离他而去。他说都是猫闹的。他自己想象中的生活既有糖，又有香料，但杰西卡无法理解这种执着，所以离开了。她不仅离开了，而且和住在高尔夫球场上的另一个男人在一起了，菲尔在自己的浴室就能看见他们在周日早上一起喝东西。

其实谁听了都明白，他们分手的原因根本不是猫。我觉得他感到她要离开的时候，就会去强求一些东西，努力营造一个

"快乐的家",而那两只猫也是这个计划的一部分。他自己的头脑中有一个对完美生活的憧憬,然后想当然地以为妻子和猫会接受这一切。

小小的经验

从事这份工作多年后,我觉得我也对人有了更多的了解。两口子为猫争吵的时候,只会徒添紧张气氛,猫也是能感觉到的,而这样做只能让情况更糟。要想走出这种困境,就需要倾听一个没有偏见、置身事外的人的客观意见。

我觉得菲尔是个相当不错的人,我很喜欢他,现在都仍和他有联络。但有时我也会感到伤感,因为八九年过去了,他仍然期待两只猫可以融洽相处。这两只猫已经过了将近10年的场地互换的生活了,我觉得这样没什么不好。我真正觉得遗憾的是,这两只猫的一生,都要生活在一个人类的失望之中。

仍旧残缺的新生活

本尼每次向我走来都是跛的,盆骨的伤改变了它的生理机能。正如我之前说的去爪问题,猫去爪之后相当于人的脚趾被砍掉,生理机能自然就改变了,一辈子的走路姿态和发力也就跟着改变了。猫的盆骨撞坏后是不可能完全复原的,只能一辈子带着残疾。在笼子里静静待1个月不代表一切都能恢复到从前的样子。所以本尼七八岁的时候,它走路完全是跛的,而且还有关节炎。要知道在野外,猫必须要隐藏自己的伤势和劣势,所以本尼也有这种本能,但年复一年,它的一只爪子终究因为生理机能问题开始萎缩和变形,它的行动变得越来越不方便。它现在对那只畸形脚的细心照料比以往更夸张了。每次大踏步走着的时候，一旦那只脚疼痛起来，它都会马上倒下。

地理因素也是问题之一，科罗拉多海拔高，冬天异常寒冷。气压变化几乎摧毁了本尼的关节，它只能在地面多活动，成为一个"超级灌木动物"。冬天的时候，它根本不会跳，甚至连床和沙发都不会跳上去，所以我要确保板上到处有它的"灌木小窝"，还要保持温暖。猫砂盆的使用也是问题之一，这一点我也无法解决。拉比糖尿病的时候，它患了周围神经疾病，走路都是拿跗关节（相当于人的膝盖）走的，所以进出猫砂盆变得很困难。那时我发现了给小狗用的砂盆，很宽敞，高出地面10厘米左右，很适合拉比。现在看来也可以给本尼买一个了。

我又开始急着找能解释一切问题的原因了。我一直认定这一切症状都有一个相同的根源（我做顾问时也常犯这样的错误，但猫不往猫砂盆里撒尿的原因可能是不同的，比如，有可能是压力上升导致尿路干扰问题，这么说可能在科学上不太准确，但大概就这意思）。所以冬天的时候，只要本尼开始扯自己的毛，我就会检查它的关节，如果它没有好好用猫砂盆，我就非得在它身上的关节找毛病（还老找错地方）。

我花了差不多7个月的时间找规律，做了很多笔记。随时和本尼说话，看它，恨不得和它有心灵感应。我记录了所有行为，还是无法用科学的方法找到正确的答案。

最后我想，别再找什么深层原因了，还是直接应对症状吧。然后我学着理解各种各样的线索，它给我某个线索，我就顺着摸索。我不能再去寻找所有行为的根源了，因为每当我自以为找到了的时候，本尼都会证明我的愚蠢。

总之，对我来说，关键仍在于同理心。回归直觉的我自问：如果是我处于痛苦之中，我会希望他人如何对待我呢？本尼的盆骨在科罗拉多的冬天一直饱受折磨，我自己的膝盖也有问题，我很能明白那种感觉。我最需要的就是温暖和按摩，所以我尽可能为本尼保暖、做按摩。我会把双手搓热之后再从肚子下面抱着它，轻轻摇动它的盆骨。偶尔也会扯它几下。我还配合使用一些花精和抗炎药，尽最大的努力控制它的关节炎。

好事是，通过这个过程，我有了一些很棒的发现。要不是这些折腾，我不会知道动物脊骨按摩疗法。为了减缓本尼盆骨的痛苦，我找遍了所有方法。我会一些颅骶按摩之类的技巧，但这些都只能做微小调整，本尼也不是很喜欢。它不是一只讲究细节的猫。我要加快脚步，脊骨按摩可不是小打小闹。

抚摸和抓抱

猫被轻抚时，能够看到人的手来自何方，如果猫看不见手从哪里来，人轻抚猫的动作就变成了抓抱，这不仅不会让猫放松，反而会让它加倍紧张。

狗则完全相反，狗被抓抱的时候会主动凑上来。有很多产品就专门设计成可以把狗的身体包裹得紧紧的能让狗平静下来。

我们在和猫说话的时候要不断尝试使用自己不同的声音，找到猫最喜欢的那种，抚摸也是同样的道理。自己家的猫更喜欢哪种力道、哪种抚摸，这都需要反复探索。一个大大的拥抱是不是会让它后退、跑开？这都值得思考。

我花了好几个月总结理论、认真思考、制作表格，我觉得自己一定要证明些什么。但我的猫现在需要我少些思考，更多地去感受。

本尼年纪越来越大，生病也越来越频繁。我至今难忘它第一次哮喘发作时的场景。当时它一直干咳，我不知道要不要找兽医，然后本能地用两只手指在它的喉咙处上下摩擦，希望它的疼痛快点结束。结果我的动作竟然真的让它的喉咙放松了下来，本尼不再咳了。但这只是偶然，本尼很快又开始咳了。多亏了网络，我发现了一个网站 fritzthebrave.com，上面有很多宝贵的资源，包括一只叫弗里茨（Fritz）的猫哮喘发作的很多视频，和本尼的模样几乎一模一样，不停干咳，但什么也咳不出来。

然后我开始研究哮喘，给琼打了电话。我换掉了黏土猫砂，效果很好，每次清理或者本尼瞎抓的时候都没有灰尘飞起来。我还把猫砂盆的罩子拿掉了，如果有灰尘就能及时在公寓里消散，而不会一直留在盆子里。

黏土猫砂别乱扔

黏土猫砂不利于猫的健康，除了对有哮喘的猫不太好以外，它还含有二氧化硅，会增加猫和人患癌的风险。而且制造这种猫砂的黏土的开采往往会破坏环境，甚至丢弃之后在垃圾堆里也无法生物降解，存留的时间远超人类的寿命。

我还试着把干食换成湿粮，提高它身体里的水分含量，但它就是一只奇怪的猫，不管我放什么品牌的湿粮，它都只是走过去闻闻，然后干呕。它每次闻到湿粮或者水性笔都会干呕。最后我终于发现，它愿意吃全食超市熟食区的香料烤火鸡。从此之后，我就不去其他超市买食物了，就为买这一样。

这很让人恼火，因为干食会刺激它的肺和器官。我也会买一些无谷物食品，但仍然缺乏水分。所以我会用便捷喷雾给它补水，但它怕得不得了。平时哮喘发作一次会持续2~4分钟，我用喷雾给它喂哮喘药的时候，它却持续了10~12分钟，还不如不吃药。

我的体重降下来后，呼吸状况也改善了很多，我觉得我和本尼、薇罗莉亚也许在博尔德待不了多久了。现在这里人们所青睐的音乐不再是乐队音乐了，而是舞曲，而且戒了酒的我也没法借着酒劲上台发疯念长达13分钟的独白了。我得面对一个事实：我之所以还待在博尔德就是因为我还没有能力去别处。

我第一次去吉尔的城市（一般我们见面都是找个距离折中的城市）是为了帮她应对她饱受病痛折磨的狗莱利（Riley），她没法独自送它去安乐死。我能够感受到她的痛苦，还有狗的痛苦，所以她一说情况，我第二天就坐飞机去了。那天是7月4号（美国国庆节）。飞机晚上9点整准时到了洛杉矶，庆祝国庆的烟火正肆无忌惮地绽放着，天上的火焰从康普顿一直烧到曼哈顿海滩。我觉得这是上天冥冥之中为我准备的欢迎仪式，或许这里就是我的下一站。20年来我一直在这个国家缓慢穿行，如今来到靠海的这一边又有何不可呢？

我与莱利的相处总共不到24小时。它是只黄色的大拉布拉多，在吉尔拥挤的家里是个不可忽视的存在（我去的时候，那儿有5只狗、8辆车），但它已经没法活动了。这很令人悲伤，吉尔很爱莱利，而现在它什么都做不了了。它认不了路，也没法走路。我把它带到车上，吉尔在车里等着的时候伤心痛哭。我是它生命中最后时刻的守护者。这时候我才知道吉尔的工作节奏和我的差不多，没有太多休息时间。那天她仍得在悲痛中工作。她忙完以后，天都黑了，我们牵着手在烟火下来到太平洋边的贺贸沙海滩，海滩的海水浸到了我的小腿。

那一刻，我浮躁的大脑仿佛安静了下来。14年来，我一直想逃离的科罗拉多群山离我是那么的远。

那种感觉非常安静。哪怕过了这么久，我还记得我来自一个岛上，我喜欢水，却一直远离大海。

我准备好离开了。

搬到加利福尼亚很简单，毕竟我心理上已经完全准备充足了。我之前15年的人生都在科罗拉多度过，我崩溃过，堕落过，也改头换面过。是时候了，我一点也不害怕，我已经尝到了改变的甜头，全新的生活在闪闪发光的海边等着我。

搬家说简单其实也不简单。为了应对这个改变，我付出了巨大的努力。我告诉吉尔，我要搬到加州的话，她就要在离沙滩不超过3个街区的地方找个住处。而且因为她养了狗，找的房子必须有院子。我们俩1个月的花销最好不超过2000美元。这些要求使搬到加州这件事更难了。但吉尔还是克服了重重困难，为我俩找到了一个房子。

克服了所有的外在条件后，唯一的压力就来自本尼了。正如之前所说，本尼不擅长适应新环境。光是挪挪饭碗，它都适应不了。我觉得我要做到面面俱到，才能让它平安无事地适应新家。

我很希望加州能让本尼好起来，它的情况已经不太好了。哮喘使它非常虚弱，而且鼻窦和支气管也有问题。更令人心碎的是，它有时会跑到我身边依偎着我，咕噜咕噜地叫（以前它从来不会这样）。有时叫得稍微大声一点，它就很不舒服地干咳，眼珠子鼓得圆圆的，然后要费很大一番力气才能恢复平静。本尼花了好多年才变成一只普通的猫，但我觉得在这个过程里，它似乎吃了太多的苦。我们现在来到加州，离开了难以忍受的气候，再也没有刺骨的冬天，没有干燥的公寓，没有空气稀薄的高原了。本尼终于可以在海边的湿润环境下生活了,而且这里还有充足的氧气。

带猫旅行

带猫到新的地方,要确保做好充足的准备:
- 带好食物、防洒碗、栓猫的带子、一次性猫砂盆、瓶装水、猫用急救箱(我自己带的猫用急救箱一般包含纱布、速冷冰袋、小剪刀、保暖毯、双氧水、镊子、棉签、洗眼液、眼滴管、指甲砂锉、抗生素)。
- 出行时需带好猫的病历复印件,不要等到危急关头再打电话找兽医要。
- 订住宿之前先做好功课,看是否适合猫。
- 给猫植入微识别芯片,附带自己目前的地址信息。
- 计划行程的时候,在网络上查询附近收容所的地址,以防猫走丢的情况出现。
- 带上猫的照片,方便在需要的时候给人看。

我决定还是租一个拖车连到车上。到时候我和吉尔就坐前面,后面清空给本尼和薇罗莉亚创造一个像家一样的环境,有盘子、猫砂盆、熟悉的气味。这几周会很有挑战性,要尽可能保持像家一样的环境。

拖车装得满满的,我只能把沙发给扔了。我的大床也带不走了。幸好我养的植物还能放上,此时拖车上已经连一寸空余空间都没了。对于把车装满这件事,我还是挺精通的。

我算好了这一程的时间,开出16公里后就得停下来加次油——这也是为了本尼。每次出行的时候,不管我怎么做,前11公里本尼都会排便和呕吐。所以我只能适应它这种节奏。它一排便或呕吐,我就得停下来清理干净再上路。每次加油的时候,我就正好可以做清理工作。

那天是劳动节,周末,气温有38℃,我开着车在一个又陡又长的山路上开着,离开博尔德山谷,车子后面拖着我的生活。结果就在"水牛比尔①埋葬于前方"的那块牌子下面,拖车罩子底下开始冒烟了,接下来油门也踩不动了。这时我要么把车停到路边,要么顺着下坡回到谷底。

---

① 轰动一时的美国连环杀人犯。

防止晕车

如果你养的动物晕车,可以试试下面这些方法:
- 确保它不会看到车就联想到不好的回忆。多带它坐车去好玩的地方,也可以在车子里喂吃的(当然是在出发之前)。
- 换个大点或者小点的东西装动物。
- 根据情况让它看到更多或者更少窗外的景色。

我给美国汽车协会打了电话:"我这车得马上修。"

"修车?你是在开玩笑吧?今天是劳动节。"

我竟然忘了,完蛋了。

"我们这儿有一辆雪佛兰开拓者拖着满满一拖车的东西,你们能安排一辆带得动的家伙过来再说吧。"

接着,吉尔刚把本尼和薇罗莉亚连盒子一起从桑拿房一样的车里拿出去时,一群蜜蜂向我们袭来了。

我只能跑开。偏偏在我决定搬到很远的地方和一个女人一起生活的时候,偏偏在我想要向她证明我的适应能力的时候,就飞来一群蜜蜂?这样她还怎么相信我处理事情的能力呢?

这时我已经慌得开始胡乱说话了，我也不知道我说了些什么，可能是祷文，也可能是林肯的葛底斯堡演说。

吉尔后来跟我说，当时她和她妈妈在电话上是这么说的："天啊，杰克森正对着电话线杆子说话呢。不……他是在吼那根杆子。"我又一次决定要改变自己的生活时，车子又给我带来了一次重击。可能老天爷是想让我乖乖投降吧。

拖吊车来了，我们被拉上去之后，本尼开始喘气了。我拿起电话打给琼，问她该怎么办，这时候我什么也做不好。我还记得当时虽然气温有38℃，但我还是在它的箱子里放了它最喜欢的绞花毛衣。我马上告诉吉尔把毛衣拿出来，然后发现她已经拿出来了，因为本尼又在箱子里拉屎了。我猜我们离水牛比尔的埋葬处已经有11公里远了，这是根据本尼的排泄时间判断的，它的失禁问题好歹还可以起到精准的测量作用，虽然有些恶心。

汽车协会的拖吊车带来的是一个小型货运汽车，没有后座。我们只能把猫的箱子叠在一起放在两个车座之间。我们等待了很长的时间，所以我原本计划好的行程完全被打乱了，只能在亚利桑那路边一个破破烂烂的汽车旅馆住一晚了。不过我们也没什么好挑剔的，因为好多地方是不准带猫入住的。

现在行程变得更赶了,我害怕本尼无法适应,但我还是把自己的担忧隐藏起来。我先把猫放进房间,再把有我和猫的味道的毯子放到床上,然后从车后面拿出猫抓板放在门边,给它创造点领地安全感。然后我又把猫砂盆拿进房间来,把食物装进盘子后放在桌子上,和以往一样把晚餐准备好。

但本尼就是不肯吃东西。

这时我心里慌得不得了,想跑出去对着电话线杆子大吼,但我静下来好好想了想它需要些什么。此时我必须冷静,我先让薇罗莉亚吃东西,希望本尼能学薇罗莉亚乖乖吃东西,但它还是不吃。我不能失去耐心。我假装这就是普通的一天,坐到电视机前开始看电视。随着天色渐晚,我听到了本尼吃干食的声音。太好了。

我们搬到新地方后,宠物们也就开始共同生活。吉尔养的最久的是一只黑色的拉布拉多凯莉(Kalee),它总是很顺从。有一次,5斤重的薇罗莉亚打了下它的鼻子,之后它一和家里的猫对上眼就会马上掉头走开。吉尔还有两只猫,薯片(Chips)和汤姆(Tom),它们很快就和本尼、薇罗莉亚打成一片。

但吉尔的第三只猫齐克(Zeke)是个18斤的小霸王。自打它到了新家就一直在欺负薯条,本尼来了之后就有了更好的欺负目标了。本尼以前对拉比和薇罗莉亚作威作福,现在也轮到它吃苦头了。我们把这个90平方米的海边小屋划分成了不同的空间,并不断给猫交换场地。但这个新家的布局一切都定型了,我只能不让齐克靠近本尼和薇罗莉亚,这样做也比较明智。薇罗莉亚如今又重拾起猎物般的逃跑本能,不过是在一个它尚未熟悉的新环境。而且本尼每次面对它的死敌时,就有些绷不住。每每在过道上狭路相逢,本尼都会先挺起胸膛,但做完这个动作之后,它马上就开始干咳。它已经不是往日那个威风八面的霸主了。齐克看到本尼状况不佳就会向前冲锋。现在又得着手建立长久的稳定了。

  但我毕竟是人,不是一个毫无感情的观察机器。每次看到我那可怜的本尼充满压力,在一个陌生环境被击败时,我就很不愉快。而且本尼虽然在旅馆吃了点东西,但那以后,它就不吃了,起码它是不会再吃那个牌子的食物了。如果它会说话的话,它可能会说:"每次尝到那个味道,我就会想起那次你把我放在一个逼仄的小箱子里,害我在38℃的天气里在毛衣上拉屎。所以,谢谢你的好意,但这玩意我还是不吃了。"

  于是实验又开始了。猫绝食是很可怕的,太胖的猫绝食容易得脂肪肝，有生命危险。像本尼一样太瘦的猫两顿不吃也同样危险。幸好加州有"疯狂炸鸡"（El Pollo Loco），本尼特别爱吃"疯狂炸鸡"。虽然我必须把炸鸡和干食混着给它吃（对猫来说，仅仅吃快餐店的鸡肉营养是不够的），但好歹它开始吃东西了。

虽然水边的新生活很棒，这里的环境也更好，但本尼的状况却越来越差了。它的身体没能很好地适应这里的环境。它的鼻子、嘴、肺都有些遭罪。我带它去看了新的兽医。针灸好像缓解了它的呼吸问题，但我没有那么多钱一直带它针灸。它已经不怎么能闻得到食物的味道了，我把"疯狂炸鸡"放进食物加工机里，做成糊糊，然后加热让味道释放出来，再放在它的干食上。

在那段时间里它没这么好动了。我习惯了它各种各样的拉扯、哀鸣、吼叫，但我不习惯见到它渐渐妥协的样子。又过了几周，它把自己的活动次数降到了最低范围，基本上就是吃喝拉撒睡，加清洁身体，每天如此。但本尼已经不会没完没了地清洁身体了，倒不是它的强迫症突然消失了，只是它开始妥协了。这让我很恼火。当然这种情绪与我有关。人会憎恨某些事物、特点、缺陷、动物、人，皆因为这些憎恨对象让人想起自己的挣扎，想起我们所厌恶的自己。

我此时仍痴迷于寻找事情的"答案""办法"，吉尔也非常纵容我这一点。我疯狂地实验，想要寻找一种无灰、天然、无味，能给家里5只猫用的猫砂。这5只猫中有一只还有肾衰竭，撒尿方式极不寻常（所以适应所有猫的完美猫砂并不存在）。我在每个房间里都放上加湿器，我还要把本尼的食物剁碎之后再加东西进去，好让它吃得下去。现在它走路都挑没障碍的地方走，但我有时会尽量给它制造些障碍。

有一天晚上，我和吉尔吃过饭回家，我弯下腰去亲本尼的头，看见它右眼的瞳孔完全扩大了。

我心里想着，别慌，别慌，你慌了，它也会感觉到的。

这时我脚底发虚，但我没有退缩，我强撑着自己，免得摔倒在地。当时我觉察不到，但事实就是它的鼻腔里某个地方一定有一个肿瘤，压迫到了它的视神经。我一直以来都在寻找的答案就在这里，但这不是我想看见的。就因为我无法忍受真相，事实摆在我面前的时候，我竟然只是转过头不去理会。

我对身后的吉尔说："我知道了，肯定是它的牙齿有什么问题。"我看过一个谋杀迷案节目——一位口腔学法医讲解一个又一个谜案。总之在那个节目上，最终一切问题都是源于口腔问题。我接着推测说："它的一颗牙下面都出现脓肿了，然后脏东西留到了鼻腔里面，它的眼睛也受了影响。"但我还需要确认原因。当时是周日晚上8点，所以只有等到第二天才能找医生。

第二天早上，我们去找医生，那位牙科兽医专家似乎很能理解我，他本能地察觉到我在这8个月里已经见了很多兽医，只想要寻找一个自己能够接受的答案。草草检查了一遍后，他带着苍白的笑容说："它的牙是不太好，但它的眼睛绝对另有问题。你最好带它到走廊对面的眼科医生那儿看看。"

"好的，我带它去看看。"

眼科医生说："杰克森，它眼睛肯定有点问题。必须打麻醉，才能得到我们需要的图像。但是因为它呼吸有问题，我不敢保证它能从麻醉中醒过来。"医生说话的时候，我一直点着头。然后医生说出了我最不愿听到的话："这段时间你尽可能让它舒服些就行了。"

自　己

　　它还没死，但已经不清醒了。所谓"尽可能让它舒服些"，不过就是在它生命的最后时光里束手无策的另一种说法罢了。

　　这时我的大脑放松了下来，愤怒与伤感一下子占据了我，我发现我还没有为本尼掉过泪。我一直以来都那么希望它能健康，现在这个强烈的愿望却反过来吞噬着我。而本尼，我的礼物／诅咒／朋友／老师正在受着折磨。

　　过去几个月，我总感觉上天在嘲弄我。每当我觉得自己又发现了一个秘密时，我就急匆匆地带本尼去找我医疗专业的朋友证实，但检查结果总在证明，我的发现不过是我的妄想。

　　我一次又一次地对检查本尼的人说："所以说我火急火燎

地把它带过来，还把自己1个月的房租都付给你，然后你就跟我说呼吸有点问题，然后就打发我走了？"

我每天要给本尼擦两次身体，要给它吃抗生素，弄支气管扩张器，还要给它用类固醇、开胃药、止痛药、滴鼻液。而更可笑的是，我竟以为这一切真的能让它好起来。我想用药物来驱赶它的痛苦，却不曾仔细倾听过它。我自称为猫的翻译、心理医生，现在感觉全是胡扯。我所学的一切，我的直觉、技巧，在自己的猫面前仿佛都失灵了一般。我已经戒酒7年半了，但此刻，我多想麻木自己，忘却自己与本尼的痛苦。

每当风暴来临，我便锁好门窗。现在面对这场风暴，我也紧紧锁住心灵的窗户，但肯给我打了一个电话，和他聊完后我意识到自己把一切都锁死了，而且在忙于应付的时候我已经把本尼都给忘了。

猫最开始吸引我的原因是我在猫身上看到了自己。现在的我竟让怒气占据了自己，我对此感到害怕，就如同我害怕失去本尼一样。

我沿着塞普尔维达大道开车到海边，在周末的车流前，恐惧征服了我、嘲弄着我。我觉得我应该把车停在路边，免得出事故，但把车窗摇起来后坐在车里感觉就像把自己保护起来一样。车外的雨也遮掩了我内心所经历的风暴,我的哀号和捶打显得那么安静。

突然有那么一瞬间,眼前的一切都是变得非常清晰,天空也充满了生气。这种感觉不是欢愉,更像是深呼吸之后的清爽。

然后我告诉自己:"不要老想着证明自己,你错了就是错了,这根本没什么。现在本尼已经没多少时间了,好好珍惜它。"

我的一个朋友是家庭兽医,我希望他能送本尼最后一程。但他周末外出了,我都不知道本尼能不能撑到他回来。本尼多数时候都待在床上,看着其他动物和人来来往往。它情况恶化的前几周,哪怕吃了开胃药,食欲也断断续续。有时它也懒得清理,身上的毛发渐渐失去了光泽,干燥的身上也全是皮屑。它的呼吸也受到了影响,有时我抱它或摸它时,它都会咕噜叫。

我的朋友道格(Doug)和林赛(Lindsay)的猫芭芭拉(Barbra)也经历着同样的遭遇。道格给我打电话问我,要不要开车去他们家看看芭芭拉,相互交流交流。他说:"我们不想让它多遭3天罪,我们希望它能平静地离开。"

我跟道格说我不能实施安乐死,我现在还在愁本尼的事情。我说:"你自己更了解芭芭拉。你和它一起生活了15年了,你知道什么时候最合适。这一切都是为了它,不是为了你,不要辜负它。你给了它一种好的生活,现在也要让它好好离开。不要在它最难熬的日子才安乐死,千万不要。"我解释说,这么多年来,我见过太多养宠物的人把自己的宠物带到收容所进行安乐死,他们是等到最后关头才来的,因为他们一直不愿意面对这一天。人在这种情况下难免会感到痛苦与困惑,因为他们必须要决定伙伴的死期。这种困惑有时甚至会带来生理上的痛苦。

我发现和道格谈起这些时,我也是在与自己对话。

那晚我给本尼擦洗了身体,给它吃了药,我感到很愤怒。我总是那么易怒,无论我怎么逃避这个现实,愤怒就写在我的基因之中。看着它受苦,吃那么多药,我和吉尔配合着照顾它。我们不想让它每次看见我们就联想起每天的折磨。我也生医生的气,他们下个诊断开点药,我们就只能信任、照做。当吉尔给本尼滴鼻液时,它脆弱的呼吸被打断了一下,接着就开始抽搐。我生气地看着吉尔,无声地责备着她,给她压力。吉尔马上用言语回击我无理的怒火。

我觉得此时的我就像一只被用于实验的猴子,大声吼着:"你们让我们生病,然后给我们吃药,赚得盆满钵满。我们一天到晚吃药都是你们的错!"但其实现在的情况,不是任何人的错,不过是老天爷告诉我该投降了。这是我最后的挣扎。我无助地低头看着可怜的本尼,这个让我又爱又恨的独特的猫。我把它抱回卧室,对吉尔说:"好了,别再做这些没意义的事情了。"我此时很想狠狠拍桌子、扔瓶子,但我还是克制住了。吉尔了解我,她知道我妥协的时候看起来也是怒发冲冠的样子。

结束吧。是时候让本尼"尽可能舒服"地走完余下的时光了,我不打算再给它什么开胃药、类固醇之类的东西了,让这种折磨统统停止吧。本尼快离开了,我的任务只是安静地陪伴它走完最后一程。我们在一起的时间不多了,现在就把那些无关紧要的东西都抛掉吧。

现在我真正放下了自己的自负,开始真正陪伴着本尼。独处时,我告诉它:"现在不必再逞强了,我也不会再逞强了。"在这个微妙的时刻,我对本尼说:"我的朋友,如果是时候了,就请你告诉我吧。"我四处望了望确保这里只有我俩,我不想让吉尔听到。"我向你保证,绝对不会让你感到痛苦的。你只要给我一点小提示,一个我俩才知道的暗号,我就会明白。我会仔细听的,到时候你只用说一遍我就会知道了,行吗?"

这次交谈之后没过多久，这个时刻就到来了。

那时是凌晨4点12分，我记得那么准因为我当时看了一眼时间。我看时间是因为本尼从未用这种方式把我弄醒，当时它一直用自己的头顶我的头。我一下子就明白了，我说："好的，我明白了。"它用脸蹭了蹭我的嘴，就回到我和吉尔之间睡下了。

我们的家庭兽医还没回来，所以这天早上我就预约了其他医生。那天下午2点，我们到了诊所。来诊所的路上，本尼一直坐在我的膝盖上，虽然它可能不怎么在乎，但我还是想打开窗户让它看看车外模糊的景色，希望它能闻到大海的味道。毕竟这是我们最后的旅程了。它一直裹在一条紫色绳绒毯子里，这条毯子是我的朋友索查（Sorcha）第一次见到本尼时送给它的，也是在这最后一程里能真正守护它的东西。到了之后，吉尔在车里等着，她从来都无法忍受生离死别之痛。我理解吉尔，而且她也照顾、拯救了那么多动物，我怎么能和她斤斤计较呢？在这个时刻，陪伴本尼本就是我的职责，我很乐意。我把本尼从侧门带进去，走进了那个房间。我讨厌那个房间。那种感觉、情绪、同情及工作人员午饭后的困意，都是那么消极。我的客户都说这里的兽医很棒，但我还是感觉自己来错了地方，我全身都在本能地发出警报。

更糟的是，我讨厌这种无法掌控的感觉，我甚至没有别的选择。这是我必须接受的地方了吗？我身体的每一寸肌肉都在恐慌地颤抖着。我想走，不是因为我不敢面对这一刻，而是因为我希望一切可以更好。

但几乎不可能了。

技术人员看起来经验不足，起码我觉得她看到我就开始紧张了。她的紧张反过来让我更紧张。我的情绪正引导着这个空间，现在一切都掌握在命运手中。老天，让我平静吧……工作人员忘了一个基本步骤——把冰冻过的瓶子里的注射剂弄暖，所以她给本尼注射镇静药物的时候，本尼冷得抽了一下，还蹬了下脚。我对她怒目而视。她很明智，没说话便离开了。我用身体把本尼围起来，给它支了个人体帐篷，想给它些温暖。我突然发现这是我最后一次保护它了，保护它免遭伤害、痛苦和迷茫，保护它不受那些觉得它"不乖"的人的指手画脚。我想，造化真是神奇。我们两个残缺的生命聚在一起，重新塑造了彼此。它作为猫的这一生已经来到了终点，而这也是我到人间走的唯一一遭。我们都找到了自己的道路。

我发现这是我第一次好好送别一个生命。我只希望它下次醒来会记得我对它的爱，在这份爱面前，别的事情都显得微不足道。我向前往本尼身边靠，能听到兽医在我身后徘徊的声音。兽医已经见过太多这种场面了吧。

我抱着本尼，它对我是如此熟悉。以前我也怀抱过许多将死的动物。现在我只能顺应命运，和本尼一起迎接死亡。那一刻我没有悲伤，反而非常感激。许多动物我只见过短短一面，在它们身边，我也像现在这样努力去安慰它们，它们在来到我身边之前被虐待、被遗弃、被忽略。相比之下本尼则幸运得多。毕竟，就像歌里唱的：爱比死亡更强大（Love is stronger than death）。

兽医操作的时候，我仍搂着本尼。他们的手在我和本尼的空隙之间忙活，整个过程就像一场死亡版的扭扭乐①。这时有人要我让开，我摆出一副表情告诉他们：这里有的是地方，我就要在这，你们该干什么就干什么，我是不会离开我的猫的。

我要保护本尼。我很愧疚，没能在家里进行这一切，所以我要用我的手臂为它创造一个它能看到的、能感觉到的家。

"我说到做到了，对吧？"

---

①TWISTER（扭扭乐）是美国著名的孩之宝玩具公司的产品之一。

它的呼吸渐渐慢了下来，我要给它我的回应，就像父母送孩子上校车时，父母用眼神告诉孩子不会有事的。那张紫色毯子会保护好它的。当我的嘴唇碰到它的额头时，我听到了它轻轻的呼吸声，那声音是如此顺畅和健康。

我轻声说道："我说到做到了。我跟你说我们搬到这里来，大海会治愈你的。"

然后本尼轻轻一抖，"校车"便开走了，把我的本尼带到了下一站。而它的身体还在我的手臂里，这是承载它灵魂的容器。

这时周围的人松了口气。

我却有些难以呼吸了。

"你想在这里待多久都可以，我们会……"

他们的声音渐渐模糊。

我仍旧无法呼吸。

我："请你们离开好吗，让我自己待会儿，请让我自己待会儿。"

门关上了。

我能呼吸了。

本尼身上裹着毯子躺在我的腿上，我们把它带到了宠物墓地，为它进行了单独的火化。我告诉前台的女士，把一半毯子一起烧掉，留一半葬礼时用。这是计划得最清楚的一件事。在科罗拉多的时候，我送走的5只猫都埋在一个地方，就在博尔德溪旁。每次从那里经过，我都会对着窗外递出5个飞吻，这样能让我感到舒心。但本尼的情况就不一样了。我刚来这边还不太熟悉，选的地方不太好。加州的法律要求宠物必须火化，免得有些野生动物把刚入土的尸体挖出来。我不喜欢火化，所以我得营造出一种土葬的感觉。

我们在后院挖了个洞。我买了株橘子树，提醒自己对本尼许过的承诺。我把毯子放进了洞里，清了清上面的灰。这样就算是入土了。我们离开这栋老旧的海边楼房很久后，他人仍能到这里摘橘子吃。后院还有棵柠檬树，那天我们还种了棵李树。

但我的仪式还没有结束。我现在得拿走和本尼有关的东西。这是我伤心时的必经步骤。本尼的气味和那些独属于它的印记，一切与它有关的都要消失，包括它的餐盘、剩下的干粮、密封包装、床、药瓶子、注射器、药片粉碎器。只有它的项圈留了下来，被包在一团紫色织物里，放在新的橘子树下。爱比死亡更强大，我不需要纪念品。

失去过宠物的人都明白那种失落。我的脑子里时不时仍会出现各种画面，比如本尼迷迷糊糊走进房间的样子。每当回想起它鼻子上的点，我就能回忆起第一次打开箱子看到它时的画面。我的脑子里满满都是画面。没几天，我的情绪就从还好转变为了崩溃。

我们常说："生活从不会变得容易。"这当然是事实。不过，我也没希望生活变得容易。如果更容易了，就代表死去的不仅仅是伙伴，而是我内心的一些东西也随着一同死去了。

一切虽不会变容易，但我的伤痛总归来得越来越有规律了。我经历了过于突然的悲伤，也经历了愧疚——因为有时我觉得自己对一只已逝动物的在乎已经超过了我对人的在乎，这种时候我便难免停下悲伤，问问自己到底哪根筋不对。不管前一刻多么伤心，下一秒也不得不继续前进。我小时候都是走路上学，沿着第82街从百老汇一直走到中央公园。每次在中央公园，尤其是秋冬天的时候，一阵大风就会向我袭来。那感觉就像被一辆车碾过，让人无法呼吸。没人喜欢呼吸不过来的感觉，但一旦知道这种情况会有规律地出现，人也就不再抱怨了，只会做好准备。

我失去本尼已经14年了。薇罗莉亚总是坐在我的膝盖上，我坐在椅子上，就这样坐了不知道多久。我能听见远处海狮的声音，起起伏伏的有如龙卷风警报的声音。我摸着薇罗莉亚的头，它也静静陪着我，我们彼此陪伴着。要不是太累，我说不定还会感到愧疚。我坐在那椅子上消耗着生命，心中很平静。其实内心也夹杂着些悲伤，但仍是很平静。我开始回想起我和本尼一起走过的日子。我思考了究竟什么是爱，也突然发现自己有深深体会这一切的能力。

一开始的时候，我处于一种"不在状态"的状态。实际上，当初我都没觉得与本尼相遇是什么了不起的事情。我有工作要做，我要忙着宣传我的歌，我有自己的计划。但正如那句话所说：人类一计划，上帝就发笑（We plan, god laughs）。一直以来，我都怀揣着梦想，直到有一天，上天决定向我展示真相。那时我不知疲倦地写歌、放声歌唱，坐在纽约的人行道上看着来往陌生人的千姿百态，我需要观众听我说、听我唱。然后有一天，动物走进了我的生活，照亮了我之前与之后的路。

那时我生活在一种绝望的疯狂中，直到我遇见了收容所里那些没有家的动物，是它们撕去了我的伪装。这个过程持续了好几年，但一切都始于博尔德人道协会。我已经崩溃了很多次，我一边将薇罗莉亚放手臂上一边啜泣着，害怕也失去它。这时我发现，我终于不再如此顽固了。我在收容所的第一天，涟漪就已经泛起，直到如今，我卸下了所有外壳，这涟漪才终于漾到了表面。之前的一切都有了意义，我明白了，我们这些灵魂居住者是通过永恒的爱与失去联系在了一起。

尾　声

　　去人道协会的第一天，我就认识了一只叫笑笑（Smiley）的比特犬。我们很快就成了特别好的朋友。也是在那一周，我第一次经历了安乐死。那也是一只比特犬，但这只比特犬因为受过人类的折磨，很惧怕收容所。这两只狗是我与动物产生缘分的源头。后来，我又爱上了满满一屋子的猫，在午夜给它们献上了45个吻；再然后，我对每只猫、每只狗都饱含感情；再然后，我感到自己的爱更加宽广，不再吝啬和狭隘。如今，正写下文字的我仍感到自己在不断觉醒，感到有源源不断的能量涌向我。

　　希望正在阅读本书的你也曾与动物有过亲密体验。或许你也有你的本尼，也有可能还没有，但一定会有的。也许你现在就想

要一只呢？我，作为动物福利工作者中的一员，想要传达的信息很简单：牢牢记住你的本尼的模样，然后将你对它的爱转变为你对所有动物的爱。让你对你的本尼的爱变为你对所有本尼的爱。

这世上有很多无家可归的猫都很棒。让它们进入你的生活吧。如果你不给你的猫做绝育，它们可能会生十多个小宝宝，你也许可以通过可爱的小猫向孩子展示生命的奇迹，看着这些小家伙长大、探索、学会爱，是很棒的一件事情。但也要记住，也许第二天，你们那个片区的收容所也有十多只猫死去。这个道理非常简单，但不容反驳。

我们是能够做到的，我们可以创造一个世界里，在这个世界没有动物会白白死去。如今我打从心底里相信着这一天能够到来。我们有责任去爱。我花了太多年想要统一行为理论——究竟是什么在驱使着猫？为什么猫要这么做？为什么猫要那样做？但我不过是在浪费自己的时间。正是这种思维方式妨碍了我对本尼的爱，每每想起这一点，我都感到伤感。行为的理论、解释、预测、经验数据，所有这些东西都让它离我更远了，而且在它离去很久后，我的理论仍在僵局之中。好好了解你的猫吧，不要像我一样去"研究"。从动物的角度去想，去体会它们在每一刻的爱与痛。如果你想好好爱它们，就像它们一样去爱，把握当下。

将你对个体的爱上升到对群体的爱。我得说，这个过程是有些让人畏惧的。爱这个世界不像我们在夏令营做的信任训练，也不像公司开展的拓展训练。爱这个世界要远比这些训练更深远、更冒险、更加不可能。我曾努力靠近整个世界，但当我热情地亲吻这世界，她也回应我的时候，我却拼命地跑开了。

直到现在，我都觉得自己很有福分。了解本尼拓宽了我判断其他猫的需求的能力，也增强了我爱人的能力。我以前甚至觉得这是不可能的，因为光"思考"是无法解开爱的谜题的。在我眼前的这个新世界，不再有没完没了的草稿，只有对同理心的探索和对同情的实践。

人需要学会假装。如果感到自己不够有人情味，就假装自己感情充沛。好好扮演自己设定的角色，总有一天会融入其中。在猫的世界里，我也选择让自己的角色一直扮演下去。

我没有什么头衔，不是什么科学家。我也不是兽医，但兽医们也不是我。我是个讲故事的人，我花了一生中的大多数时间学着体会他人的生活，并准确、真实地将那些故事讲述出来。我能感受我见过的每只猫的日常生活。本尼是第一只嘲讽我的猫，它对我的"科学"嗤之以鼻、愤怒不已。我永远都会感激上天把它带到我身边，因为它在我人生中写下的真相永远都不会消失。

后记：值得珍藏的一年

2012的新年夜，我进行了一段长时间的深思，想让自己从生活的漩涡中走出来。在这片刻的休息中，我停下来享受着新鲜的平静。短暂歇息时的冥想是多么奇妙，我从未体会过这般平静。

将想法付诸实践，把本书中的经验推及全世界花了我一年的时间。诚然，生活与工作之间的界线已经模糊了。有些夜晚，我的猫会咬我的手腕将我弄醒，而我也不再试着去傻乎乎地解释这样的情形了，我也不会再去"分析"这热切期待的观众，不会再去"分析"猫了。

本书的一个主要主题就是"释放"：放开期待、放开对自

己形象的认知、释放自己的梦想、释放对本尼的控制。在写下此文的7个月前，本书的精装版出版了。当时我还不知道这一切意味着什么，我只是单纯地觉得我在履行自己对本尼的承诺，我觉得我是在讲述一个故事。我最先写的是最后15页，这15页可以说是我30多年写作经历中最纯粹的一段体验。我写的时候不是很在乎有没有人会看到这部分。在绝望中求生存的我发现，如此回忆过去是一种很好的自我疗愈方式。我无数次将自己的困惑、对自我的厌恶和心碎编织成歌词与诗，这样的方法也无数次地拯救了我。进行了一段远离真我的自我放逐后，我再次找回了自己，我满心感激这一切。

当然，在本书出版之时，一切都有了新的变化。艺术家总会脱离先前的形式，才能产生作品。我退后一步也发现，我刻意地曝光了自己最深层次的本质。"你究竟在想什么？"我常这样想，想象自己是一个直升机上打着探照灯的警察，同时也是躲藏在树丛中的逃犯。当我第一次收到自己精装版的书时，我感到有些恐慌，恨不得找个地缝钻进去。书中有我的不安、成瘾、对失败的惧怕、对错误的惧怕，但最让我紧张的还是本书的后记。

写完正文的最后一部分后，我播放了普林斯（Prince）的专辑《Lovesexy》，最后我把耳机声音开到了最大。这张专辑有一些挑衅意味。普林斯本人说过，听者要么就全盘接受这张专辑，要么就不要听。在这样的情绪和正能量下，我按下了播放按钮，并开始奋笔疾书。专辑播放完时，我也写完了后记。我希望自己、也希望读者知道，除了努力挣扎之外，人生中还有很多别的东西。我的人生绝不仅仅是一串串教训和错误。在那些时光里，我也获得了自由与爱。

出版那天，我一直忙着新书促销。后记是最刺激、最可怕的部分。每天晚上来要签名的人越来越多，大大超乎了我们的预期，我也从中获得了极大的安慰。在问答环节，读者可能会针对书里的某句、某段做出过于温柔或者暴力的解读，但无论大家对我的书做出何种反应，我都应付自如。这让我颇为自豪。

一天又一天过去了，我见了许许多多的爱猫人士。我发现经过反复试错得出的共同经验，也可以算是一种事业。不断有人告诉我他们的经历与我何其相似，他们也在人生支离破碎之时学会了热爱动物。现在我遇到了一个全新群体的代表们，他们也曾发出沉默的喊叫，就像那些大声呼救却无人回应的梦一样。他们看到那些被抛弃、被忽略、被虐待却宽宏大量的生命，就像是看到了他们自己。如同我一样，在人性的危机时刻，他们拯救了动物，却不知道自己真正拯救的恰恰是自己。

我收到的最早一批"粉丝来信"里，有一封来自一位已经戒酒20余年但又复发的男士。读完本书后，他开始戒酒，他写信表达了对我的感谢。还有一次我在菲尼克斯的一个车站遇到一个女人，她的儿子当时正在康复中心，她脸上带着那种我家人也有过的神情：疲惫又安心。安心是因为她知道自己的儿子在哪里，也知道他不会出什么事。她让我为她儿子买的书签名。后来那孩子写信告诉我，他在最痛苦的时候读了这本书，他意识到自己的所有付出都是有回报的。当时他已经完成康复70天了，正在当地的动物收容所寻找志愿工作。嘿，亚当（Adam），我想对你说，从一本关于猫的书里找寻自己的力量和灵感也许会让你有些难堪，但请把自己想象成我吧。就是在书写这本关于猫的书时，我找到了自己的力量与灵感。

我告诉许多人，何不将对自己的"本尼"的爱延伸到对自己社区里所有的动物身上呢。我得到了许多肯定的回复。新书推广的每一天，我都能感觉到那共同的愿景。我享受着那些沉默的感激时刻，享受着与大家交流的时刻。每每得到肯定的回应，我都会哽咽，接着喜悦的眼泪便会流下来。这样的情形在参加每一个收容所研讨会、见每一个捐款人、进行每一次讲话时都会发生。我所提倡的一切经验不仅仅是呼吁各位关心自己的猫、了解自己的猫看待世界的方式并知道这一切的重要性，更重要的是，我希望我们能共同结束不必要的死亡。每年都有数以百万的宠物被遗弃和死亡。毕竟，你我的本尼与那些没有名字、没有居所的"本尼"又有何贵贱之分呢？

签售期间，我遇到各种各样的人：看护、收容所工作人员，以及那些因为读了我的书而选择不抛弃自己的猫的人。在每个签售站，我都要拜访一个或多个收容所，通过讲话给志愿者和员工打气。我也会花时间和收容所里的猫狗们待待，是它们无时无刻地提醒着我，我为什么会出现在这些地方。我还在这些收容所遇到很多叫本尼的猫，这些本尼的名字都是我的读者取的。毫不夸张地说，这是我难以想象的。本尼的离去仍深深印在我的记忆之中，此刻，我在它离去时许下的承诺已经开出了花朵。

本尼的离开让我更加谦卑，我感到自己已经与尘埃融为一体了。但奇怪的是,这样的感觉反而把我解放了。如今我知道自己不是什么伟大的缔造者,我不能创造出人间天堂。我不过是尘土罢了,但尘土毕竟没有高处不胜寒的压力。我回忆了所有的生活,展示了我们都曾经历过的伤痛,这就像是一场共同的梦。我相信书本的力量能实现话语所无法达到的效果。

也许记录本尼的最后时光是我做过的最艰难的事情,甚至难于面对生活中的磕磕绊绊,难于失去本尼,难于我年复一年所实施的无数次安乐死。我知道这一切必须由我自己来书写,但我好怕大声把这部分读出来。

其实我有权感到害怕。在写下这一部分时,我无数次精神崩溃,他人都让我出门透透气。在康涅狄格清爽的下午,我在外面祈祷着,我要如何度过这一切呢?但答案其实早就在我心中了。是时候写下这故事了,这是结束这个循环的最终步骤。一开始我便想要通过书写将我的无力与失去丢得远远的,我只想讲述一个故事,我答应了本尼的。于是我回去继续写,在那一刻,我终于释怀了。

在这一年即将结束时,我想到了许多事情。我很感激我遇到的人与动物,我的使命感再次被点燃了。我也更加深信,只要我们努力付出、爱动物、对动物抱有同理心,我们就能拯救它们，也能拯救自己。我感受到了爱，我也体会到放手的滋味。有人问我的新年愿望是什么，我笑了。希望新的一年会像过去一样，船到桥头自然直吧。时间就像河流，不会因我而改变方向，我只要努力游动就好了。

在书中，我谈到了清醒的两面。一方面来说，清醒让人明白自己的工作与信念是正确的；但另一方面，清醒也意味着自己需要意识到这一切所需承担的责任与付出。对我来说，2012年是真正证明清醒的好处的一年，我想将它珍藏起来。

我走进旧金山动物保护协会旋转门后便撞上了热情的人们。那晚我看到大家手机上都是自己的猫的图片，我也遇见了很多小狗，还为一些人提供了领养建议。

就在我抓住空隙想要离开房间时，一个男人走到我面前一言不发。他低着头，我顺着他的眼睛看到他的女儿紧紧抱着他的腿，巴不得钻进去。我俩一起蹲下问女孩想说什么。她没说话，就摇了摇头，害羞得几乎哭出来。我告诉她不管她想怎么样都没关系，我愿意听她说。她打手势让我靠近些。这时屋里全是人，嘈杂的屋内非常喧嚣。但那一瞬间时间仿佛静止了，除了她对我说的话之外，我似乎什么也没有听见："等我长大了，我想做你做的工作。"